24e et 25e Livraisons de la Collection.

THÉATRE EUROPÉEN

NOUVELLE COLLECTION

DES CHEFS-D'ŒUVRE DES THÉATRES

Allemand, Anglais, Danois, Espagnol, Français, Hollandais, Italien, Polonais, Russe, Suédois, etc.,

AVEC DES NOTICES ET DES NOTES

HISTORIQUES, BIOGRAPHIQUES ET CRITIQUES

Théâtre Portugais.

INEZ DE CASTRO,

Tragédie en cinq actes,

PAR ANT. FERREIRA.

PARIS

Au Bureau d'administration du Théâtre Européen

Rue du Dragon, 30

DELLOYE	HEIDELOFF	BARBA
Éditeur de la	ET	Éditeur de la
FRANCE PITTORESQUE	CAMPÉ	FRANCE DRAMATIQUE
place de la Bourse, 5.	rue Vivienne, 16.	Palais-Royal.

ET CHEZ TOUS LES DÉPOSITAIRES DE PUBLICATIONS HEBDOMADAIRES.

DEUX LIVRAISONS.

LE THÉATRE EUROPÉEN

SE COMPOSERA

DE PLUS DE DEUX CENT CINQUANTE PIÈCES TRADUITES

Et accompagnées de Notices et de Notes

historiques, biographiques et critiques

Par MM. J.-J. AMPÈRE; le Baron DE BARANTE, de l'Académie française; René-CAMPENON, de l'Académie française; Philarète CHASLES; CHATELAIN; L. CHODSKO; COHEN; DEFAUCONPRET; DELATOUCHE; A. DE LATOUR; DENIS; Émile DESCHAMPS; Ernest DESCLOZEAUX; Alex. DUMAS; Léon GOZLAN; GUIZARD; GUIZOT; DAMAS-HINARD; Jules JANIN; LEBRUN; LOÈVE VEIMARS; MAGNIN; SAINT-MARC GIRARDIN; X. MARMIER; MENNECHET; P. MÉRIMÉE; MERVILLE; Prince MESTCHERSKY; NISARD; Charles NODIER, de l'Académie française; Amédée PICHOT; Comte DE REMUSAT; Comte DE SAINT-AULAIRE; Comte ALEX. DE SAINT-PRIEST; Baron TAYLOR; TROGNON; VILLEMAIN, de l'Académie française; Madame la Duchesse D'ABRANTÈS, etc., etc.

Cette importante collection se divisera par séries, divisées elles-mêmes en volumes. Le théâtre espagnol, *première* série, comprendra l'époque de Calderon, de Cervantes, de Lope de Vega, de Montalvan, de Moreto, de Rojas, de Solis, de Zamora, de Tirso de Molina, d'Alarcon, de Cubillo, de Cañizares et autres auteurs de tragédies *fameuses*, de comédies et de sainètes dont il n'a pas même été fait mention dans la première traduction des théâtres étrangers; la *seconde* série, plus moderne, commencera à Moratin et finira à Martinez de la Rosa.

Le théâtre anglais, qui offre quatre époques plus tranchées, aura *quatre* séries; la *première* comprendra les auteurs des règnes d'Élisabeth et de Jacques : Shakspeare et ses contemporains, Marlow, Decker, Heywood, Lilly, Green, Peel, Marston, Rowley, Middleton, Ben-Jonson, Massinger, Webster, Beaumont et Fletcher, Ford, Shirley, etc.

La *seconde* comprendra les auteurs des règnes des derniers Stuarts, de Guillaume et de la reine Anne, jusqu'à l'avénement de la maison de Hanovre : Lee, Howard, Dryden, Shadwell, Etheredge, Cibber, Vanbrugh, Congrève, Otway, Wycherley, Southerne, Lillo, Farquhar, Centlivre, Gay, Addison, etc.

La *troisième* comprendra les auteurs qui ont écrit sous les Georges, jusqu'au moment de la révolution française, Fielding, Thomson, Murphy, Hughes, Foote, Goldsmith, Garrick, Colman, Home, Kelly, O'Keeffe, Bickerstaff.

Et la *quatrième* enfin, plus moderne, commencera à Sheridan et finira à son homonyme Sheridan Knowles encore vivant; elle comprendra Cumberland, Morton, Reynolds, Holcroft, Inchbald, Tobin, Colman Jr, Shiel, Coleridge, Maturin, Milman, Bedoes, Joanna Baillie, Croly, Payne, Walter Scott, Byron, etc.

Dans le théâtre italien, la *première* série embrassera les vieilles pièces en remontant jusqu'à Machiavel; la *seconde*, l'époque de Goldoni; la *troisième*, celle d'Alfieri et de ses contemporains.

Le théâtre allemand, quoique presque aussi riche que le théâtre anglais, n'aura que *deux* séries à cause des dates; la *première* comprendra Lessing, Schiller, et leurs contemporains; la *seconde* Goëthe, Kotzebue, Werner, Mullner, et l'époque actuelle, Grabb, Raupach, Grillparzer, Iffland, Kleist, Kœrner, Zimmerman, etc.

Les autres théâtres n'auront chacun qu'*une* série, quoique nous ne manquions pas de pièces inédites pour compléter ce qu'on connaît déjà en France des théâtres danois, hollandais, polonais, portugais, russe et suédois.

CONDITIONS.

Le THÉATRE EUROPÉEN est publié par livraisons, format grand in-8°.

Chaque pièce paraît *complète* avec les notices et notes qui s'y rattachent.

Les notices sur les auteurs seront toujours placées en tête de la *première* pièce de chaque auteur, non la première dans l'ordre de la mise en vente, mais la première dans l'ordre de la classification des séries et des volumes. — Les notices sur les pièces précèdent chaque pièce.

Les pièces qui ont moins de *quatre* actes ne forment qu'*une seule* livraison.

Les pièces en *quatre* et en *cinq* actes forment *deux* livraisons.

Il paraît régulièrement au moins *une* pièce, souvent *deux* pièces le samedi de *chaque semaine*, et alternativement de chacun des théâtres indiqués et de leurs diverses séries.

La couverture de chaque pièce et la *signature* au bas de chaque feuille, indiquent le *théâtre*, la *série* et le *volume* dont la pièce fait partie. Les pièces appartenant au même volume ont une pagination suivie.

La *première* pièce de chaque volume sera toujours accompagnée du *frontispice* du volume, à la fin duquel il sera donné une table des matières.

Prix de chaque livraison :

50 CENT. POUR PARIS; — 70 CENT. POUR LES DÉPART. ; — 80 CENT. POUR L'ÉTRANGER.

On ne peut souscrire pour moins de *vingt-cinq* livraisons, payables d'avance aux prix ci-dessus. — Les souscripteurs sont servis à *domicile*.

On peut acquérir chaque pièce séparément.

THÉATRE
EUROPÉEN.

★

IMPRIMERIE DE E. DUVERGER,

4, RUE DE VERNEUIL.

★

THÉATRE
EUROPÉEN

NOUVELLE COLLECTION
DES CHEFS-D'ŒUVRE DES THÉATRES

ALLEMAND, ANGLAIS, ESPAGNOL,
DANOIS, FRANÇAIS, HOLLANDAIS, ITALIEN, POLONAIS,
RUSSE, SUÉDOIS, ETC.

AVEC DES NOTICES ET DES NOTES
HISTORIQUES, BIOGRAPHIQUES ET CRITIQUES

PAR MM.

J. J. AMPÈRE; AVENEL; le baron DE BARANTE, de l'Académie française; BERR; CAMPENON, de l'Académie française, Philarète CHASLES; CHATELAIN; Alissan DE CHAZET; Léonard CHODSKO; COHEN; DEFAUCONPRET; DELATOUCHE; A. DE LATOUR; DENIS; Émile DESCHAMPS; Ernest DESCLOZEAUX; Alexandre DUMAS; Paul DUPORT; Léon GOZLAN; GUIZARD; GUIZOT; DAMAS-HINARD; Jules JANIN; LEBRUN; LOÈVE-VEIMARS; MAGNIN; SAINT-MARC GIRARDIN; X. MARMIER; MENNECHET; P. MÉRIMÉE; MERVILLE; prince METSCHERSKY; Théod. MURET; NISARD; Charles NODIER, de l'Académie française; Amédée PICHOT; comte DE RÉMUSAT; comte Jules DE RESSÉGUIER; comte DE SAINT-AULAIRE; Jules DE SAINT-FÉLIX; comte Alexis DE SAINT-PRIEST; baron TAYLOR; TROGNON; VILLEMAIN, de l'Académie française; Madame la duchesse D'ABRANTÈS; etc., etc.

Théâtre Portugais.

PARIS
ED. GUÉRIN ET Cie, ÉDITEURS, RUE DU DRAGON, 30.
1835

INEZ DE CASTRO

(Castro)

TRAGÉDIE EN CINQ ACTES,

PAR ANTONIO FERREIRA.

NOTICE SUR INEZ DE CASTRO

SUIVIE D'UN EXTRAIT DES CHRONIQUES PORTUGAISES SUR DON PEDRO.

Ce serait presque l'œuvre d'un laborieux bibliographe que de rappeler, même sommairement, tout ce qui a été écrit sur Inez de Castro. Poèmes, romans, nouvelles, drames, tragédies, et jusques aux *coplas* de la romance populaire, toutes les formes littéraires et poétiques se sont épuisées sur cette grande catastrophe qui complète maintenant chez toutes les nations l'histoire chevaleresque du moyen-âge, comme certains types helléniques disent l'antiquité.

L'*Inez* d'Antonio Ferreira est à la fois la tragédie la plus célèbre de la littérature portugaise et la première digne encore de ce nom qui ouvre un cycle poétique commencé depuis bientôt cinq cents ans et qui se continuera long-temps encore. Malgré ses formes un peu raides, empruntées à la tragédie grecque, dont elle est une pure émanation et une inspiration sincère, cette pièce est encore la seule peut-être où l'on retrouve sous une forme sévère la tristesse passionnée du sujet et l'âpre grandeur des caractères.

L'*Inez de Castro* d'Antonio Ferreira fut composée vers le milieu du seizième siècle; elle vient immédiatement après la *Sophonisbe* du Trissin, et elle peut être considérée comme la seconde tragédie régulière qu'on rencontre à la renaissance, dans l'histoire du théâtre européen.

Le docteur Antonio Ferreira, comme l'appellent les biographes portugais, est un des grands noms dont les *quinhentistas* [1] se plaisent à former la trinité poétique, qui, selon eux, suffirait pour illustrer le seizième siècle. Avec Sa'e Miranda et Luiz de Camoens, c'est un des créateurs de la langue portugaise.

Bien différent des poètes aventureux de cette époque, sa vie tranquille n'offre aucun fait saillant; elle est courte, marquée par fort peu d'événements et employée à des études sévères. Né en 1528 à Lisbonne, d'un chevalier de l'ordre de Sant-Iago, qui était administrateur des biens du duc de Bragance, Antonio Ferreira va prendre ses degrés à Coïmbre, où se développe son goût pour la poésie et où paraissent avoir été commencés la plupart de ses ouvrages. Quelques années après on le voit chargé d'une haute magistrature et il est créé gentilhomme de la maison royale. Il meurt en 1569, et c'est à son fils Miguel Leyte Ferreira qu'on doit la publication de ses ouvrages, qui ne furent imprimés qu'en 1598.

Antonio Ferreira a été surnommé l'Horace portugais, et l'on sent à la lecture d'*Inez* [1] avec quel art il s'était approprié les formes de la poésie antique. Ce mérite devait nécessaire-

(1) On désigne sous ce nom les partisans du seizième siècle.

(1) Cette pièce eut, dès son apparition en Portugal, une assez grande célébrité pour qu'on l'ait traduite en français. Un bibliographe portugais dit qu'elle fut imprimée à Paris, mais quelque diligence que nous ayons faite, il nous a été impossible de retrouver cette traduction du seizième siècle. Elle est due, dit Barbosa, à un professeur qui enseignait le latin aux fils du comte d'Atouguia. Fernand Perez de Oliva donna une traduction espagnole de l'*Inez* en 1577, sous le titre de la *Nise lastimosa;* mais il se garda bien de nommer l'auteur. Sa *Nise laureada* est originale.

ment disparaître dans la traduction ; mais ce qui reste, c'est un sentiment admirable de la belle tradition nationale, et ce qu'on devine dans la marche simple de ces scènes à la Sophocle, c'est un cœur vraiment portugais.

Pour faire comprendre complètement Antonio Ferreira il fallait se placer au point de vue d'où il était parti. Il était curieux de rappeler les traditions qu'il avait entendues et surtout les chroniques qu'il avait pu lire, car depuis cette époque tout s'est altéré dans cette douloureuse histoire; nous avons cru devoir la restituer en reproduisant le récit primitif; c'est, selon nous, le seul moyen de faire apprécier Ferreira, en dépit de son allure hellénique ; c'est encore le seul moyen de renouveler la source et de l'empêcher de se tarir. Disons un mot de la chronique et de son antiquité.

Sans doute, si le poème qu'on dit avoir été composé au temps de don Pedro nous fût parvenu, si les fragments attribués à l'amant d'Inez lui-même, étaient plus significatifs et plus nombreux, ce seraient là les monuments les plus curieux et les plus authentiques qu'on pût reproduire ; car, n'en doutons pas, plusieurs détails importants, et que devaient rejeter comme inutiles les chroniqueurs assez inhabiles de cette période, ont dû nécessairement s'altérer ou disparaître complètement dans le court espace de temps qui s'écoula entre l'année 1355, époque de la catastrophe, et celle de 1434, époque vers laquelle on suppose que commença à écrire Fernand Lopes, qu'on a surnommé le Froissard portugais et que nous avons mis à profit pour la plus grande portion du récit reproduit avec le drame de Ferreira.

Je m'abstiendrai ici de toute réflexion sur les fragments empruntés à ce naïf et admirable historien, qui a été révélé lui-même depuis bien peu d'années au Portugal ; ces réflexions viendront au lecteur, et il retrouvera dans sa terrible réalité le type primitif de ce don Pedro dont les historiens et les poëtes ont effacé l'empreinte.

Une chose restait à éclaircir, que la chronique n'explique pas et que la poésie sans doute ne saurait abandonner ; c'est cette magnifique tradition qui a voyagé d'âge en âge et qui veut que don Pedro ait fait couronner Inez avant de la faire transporter au couvent d'Alcobaça.

Où l'histoire contemporaine se tait, la romance populaire parle assez positivement. Ce n'est pas une autorité suffisante, à coup sûr; celle de Fernand Lopes eût été préférable; elle nous manque [1]. M. Villemain est le premier qui, avec sa sagacité habituelle, ait fait remarquer cette importante lacune dans le vieil historien. J'avouerai que j'ai cru pouvoir un moment la combler au moyen d'une chronique écrite en portugais qui se trouve à la Bibliothèque royale et qui est contemporaine de Fernand Lopes; mais cette précieuse continuation de l'histoire d'Alphonse-le-Sage se tait complètement à ce sujet, bien que, malgré sa concision, elle donne certains détails qu'on chercherait vainement autre part. La tradition repose donc désormais sur deux historiens de la fin du seizième siècle [2] ; cela ne veut point dire sans doute qu'elle manque de réalité ; mais il est certain qu'elle appartiendra désormais plutôt à la poésie qu'à l'histoire.

Ferdinand DENIS.

(1) Je dirai, cependant, et il est juste d'admettre cette circonstance, qui n'a point été remarquée, c'est que Fernand Lopes, dans la chronique de don Pedro, ne fait que continuer un récit commencé dès la chronique précédente, complètement ignorée jusqu'à ce jour, et où il avait peut-être donné certains détails que, par un manque de méthode assez habituel aux écrivains de cette époque, il avait placés peut-être dans un ordre chronologique où l'on ne devrait pas les chercher.

(2) Duarte Nunez de Liao et Faria y Souza; c'est, je crois, surtout ce dernier écrivain, dont l'histoire est en espagnol, qui a répandu dans le reste de l'Europe la tradition du couronnement. Il dit : « Le roi se rendit à l'Église de Santa-Clara, où il fit exhumer le corps de la femme qu'il chérissait si vivement même après sa mort. Là, continue-t-il, il ordonna que son Inez fût revêtue des ornements royaux et qu'on la plaçât sur un trône où ses sujets vinrent baiser les ossements qui avaient été une si belle main. » Le récit de Duarte Nunez de Liao est identique à celui-ci, et Camoens, qui met tant de circonspection dans le choix des traditions historiques, admet ce dernier hommage rendu à la mémoire d'Inez. — Du reste, si l'hypothèse contraire était admise, il faudrait chercher ce qui a pu faire naître la tradition, et peut-être trouverait-on cette curieuse origine dans un usage bien connu du moyen-âge. Un artiste distingué qui a fait des recherches approfondies à ce sujet, pense que selon la coutume du quatorzième siècle, ce fut l'effigie en cire d'Inez de Castro qui fut transportée avec tant de pompe de Coïmbre à Alcobaça. — Est-ce cette effigie à laquelle on rendit les honneurs funèbres dont il a été si souvent parlé? J'étais, je l'avoue, préoccupé de ce fait, lorsque je consultai le manuscrit de la Bibliothèque royale dont il a été fait mention; mais voici tout ce qu'on trouve sur le couronnement : « Le roi don Pedro fit faire deux nobles monuments dans le monastère d'Alcobaça, et il y fit transporter avec grands honneurs le corps de dona Inez, que déjà auparavant il avait déclaré être sa femme, et ainsi il fit couronner l'image du monument comme si c'était celui d'une reine; il le plaça l'égal du sien. »

CHRONIQUE

DE DON PEDRO ET D'INEZ DE CASTRO[1].

Le roi Alphonse étant quitte des guerres du dehors depuis quelques années, les chagrins ne lui manquèrent pas, non plus que les discordes domestiques avec son fils l'infant don Pedro. Et il sembla que ce fut par la permission divine, afin qu'il sentît et qu'il payât en partie sa désobéissance envers le roi don Diniz, et les dégoûts qu'il lui avait donnés, à lui qui était un père si clément et si bon. Tout cela arriva parce qu'il vint à sa connaissance que l'infant était marié avec dona Inez de Castro.

L'infante dona Constança qui mourut jeune, étant décédée, l'infant, qui était parvenu à l'âge de trente-quatre ans, fut requis par le roi son père, comme par les grands du royaume, de se marier de nouveau, et il refusait de le faire, à cause de son amour pour dona Inez. C'était une demoiselle de haut et royal lignage, quoique bâtarde, car elle était fille de don Pero Fernandez de Castro, qu'ils surnommèrent da Guerra, et qui était cousin de l'infant lui-même, parce que don Fernand Roiz de Castro, son père, avait été marié avec dona Violante Sanchez, fille naturelle de don Sancho-le-Brave, frère de la reine dona Beatriz de Portugal.

Dona Inez était dans la maison de l'infante dona Constança comme dame et parente; elle était douée d'une grace si parfaite, de tant de noblesse et bonne façon, qu'on l'avait surnommée: Port de héron. L'infant don Pedro vint à s'éprendre d'elle, et comme dona Constança s'en aperçut, lorsque naquit son premier fils, qui s'appela l'infant don Luiz, elle la prit pour sa commère, afin d'empêcher ainsi l'infant d'avancer dans l'affection qu'il lui montrait; mais après cette invention leur amour, au lieu de diminuer, s'accrut toujours, et lorsque dona Constança mourut, l'infant posséda dona Inez, et il eut d'elle plusieurs fils.

Selon que le confessa depuis l'infant, étant devenu roi, afin de se tirer de péché mortel, il l'épousa secrètement ou feignit de l'avoir épousée[2].

Le roi ignorait ce mariage, mais il craignait qu'il ne vînt à se faire, car il voyait don Pedro s'abandonner entièrement à ses amours pour dona Inez. Il le pressait de se marier pour le tirer de la vie scandaleuse qu'il faisait, et bien souvent il requit son fils de lui découvrir s'il était marié avec dona Inez, parce que, s'il l'était réellement, il honorerait cette dame comme son épouse, étant nécessaire de donner autorité et honneur à celle qui devait être reine. L'infant ne confessa jamais qu'il fût marié, mais il ne voulut pas non plus épouser celles que lui indiquait le roi, donnant les excuses que lui enseignait l'amour. Et ce qui semblait à tous probable, c'était que l'infant ne voulait pas déclarer son mariage avec dona Inez du vivant de son père, parce qu'il avait honte d'elle, et qu'elle était bâtarde[1]. Mais les grands du royaume, soupçonnant ou qu'il était marié ou qu'il viendrait à l'être, conseillaient au roi de forcer l'infant à en finir et à ne plus garder dona Inez dans le royaume. Ils lui disaient aussi de la faire tuer, pour qu'à sa mort (puisqu'il était déjà bien vieux) elle ne fût plus vivante; car don Fernando de Castro et don Alvaro Pirez ses frères, étant grands seigneurs en Castille et commençant à avoir beaucoup de puissance en Portugal, il était à craindre qu'ils ne fissent périr l'infant don Fernando, héritier de don Pedro, pour que leurs neveux, fils d'Inez, succédassent au royaume.

La reine, l'archevêque de Braga, don Gonçalo Pereira, et grand nombre d'autres pré-

(1) Cette première partie de la chronique est tirée de Duarte Nunez de Liao, historien du seizième siècle qui ne mourut qu'en 1608, mais qui paraît avoir mis à profit dans leur naïveté primitive les chroniques antérieures et surtout les traditions.

(2) Cette circonstance eut depuis une haute influence politique; le fameux jurisconsulte portugais Joao das Regras essaya de prouver, à l'avénement du Mestre d'Avis (Jean I), que don Pedro n'avait jamais épousé Inez. On peut consulter à ce sujet l'histoire des reines de Portugal, où toutes les pièces pour ou contre sont rapportées.

(1) Durant l'enquête qui eut lieu lors de l'avénement de Jean I, Diogo Lopez Pacheco, qui était encore vivant, déclara qu'il avait été envoyé par le roi Alphonse auprès de l'infant pour entrer en négociation à ce sujet, et que don Pedro lui aurait répondu qu'il ne ferait jamais un mariage pareil, et qu'il lui déplaisait qu'on l'entretînt sur un tel sujet. Les familiers du prince concluaient de cette réponse que la répugnance qu'il montrait pour cette union venait de l'inégalité du rang de la mère d'Inez, qui n'était pas de noblesse si connue; sa fille, continue la chronique, s'appelait Inez Pirez de Castro avant de se rendre à son amour. Voy. *Le comte de Barcell*[illegible].

lats, conseillèrent à l'infant don Pedro de se marier; l'avertissant des conciliabules où il était continuellement question de la mort d'Inez, afin qu'il la mît en tels lieux que sa vie ne courût aucun risque. Mais il semblait à l'infant que tout cela étaient vaines terreurs et fausses menaces, que personne ne se hasarderait à exécuter. Jamais il ne voulut confesser qu'il était marié ou mettre dona Inez en lieu sûr.

Le roi en cette circonstance était combattu par diverses pensées. D'une part il voyait le péril de son petit-fils premier-né et la destruction du royaume, dona Inez ayant tant de parents qui pouvaient l'usurper; de l'autre, il considérait combien ce serait une action cruelle de faire mourir une femme, et une femme innocente pour une faute qui lui était étrangère; et cela au moment où il était au sommet de la vie, alors qu'il devait travailler à se rendre Dieu propice et à ne pas tacher ses mains par le sang d'un meurtre que beaucoup regarderaient comme un parricide. Mais poussé par les siens et se trouvant à Montemor-o-Velho, l'an 1355, il se détermina à tuer dona Inez, et pour cela, accompagné de beaucoup de gens armés, il se rendit à Coïmbre, où elle demeurait dans le palais de Sainte-Claire. L'infant était à la chasse.

Quand dona Inez sut la venue du roi et les intentions qu'il avait contre elle, transportée de la douleur où elle était de ne pouvoir se sauver par aucun moyen, elle vint le recevoir à la porte avec un visage de femme qui voyait la mort présente; et pour s'assurer si elle trouverait dans le roi quelque pitié, elle amenait avec elle les trois innocents princes ses fils, enfants de peu d'âge et très beaux [1]. Avec eux donc, et employant beaucoup de larmes et de paroles touchantes, elle demanda pardon et miséricorde. Quoique dur de son naturel et rendu plus rigoureux encore par la persuasion des siens, le roi, voyant le spectacle déplorable d'une femme si belle et si innocente, qu'embrassaient de si beaux enfants et qu'elle prenait pour bouclier et défense, le roi, dis-je, s'en allait déjà et lui laissait la vie; mais quelques chevaliers qui venaient avec lui pour être présents à la mort, principalement Alvaro Conçalvez, huissier major, Pero Coelho et Diogo Lopez Pacheco, seigneur de Ferreira, ne pensèrent pas ainsi. Quand ils virent le roi sortir comme ayant révoqué la sentence, ils le supplièrent de les envoyer tuer Inez, car ils se trouvaient compromis par lui à cause de la détermination publique d'après laquelle il les avait amenés, et se voyaient en butte dorénavant au péril que leur faisait courir la forte haine de l'infant don Pedro. Quelques-uns, entrant donc où elle était, la tuèrent cruellement, comme des bouchers. Cette action fut reprochée au roi comme grande cruauté, par les hommes en qui il y avait quelque humanité et quelque bon sens; car ils disaient qu'on aurait dû attendre les événements qui étaient à venir et encore incertains, au lieu de se jeter dans le péché. Ils ajoutaient qu'on avait évité un inconvénient par un plus grand encore, celui de tuer une innocente, à laquelle il ne manquait, de l'avis de tous, pour mériter d'être reine, que le mariage de son père avec sa mère; car par le lignage, par les qualités personnelles, elle devait certainement l'être. Le corps de dona Inez fut enterré aussitôt à Sainte-Claire, et il y resta jusqu'à ce que le roi don Pedro l'eût fait transporter à Alcobaça dans une royale sépulture.

Par la mort de dona Inez, l'infant tomba en tel chagrin que l'on crut qu'il en viendrait à perdre le jugement; car, outre les souvenirs douloureux que lui laissait un amour extrême, il se rappelait que c'était à cause de lui qu'on l'avait tuée, qu'elle était sans faute, et qu'étant averti de la mort qu'on devait lui donner, il n'avait pas cru ces rapports, et n'avait pas su la mettre en lieu de sûreté.

Plus tard il chercha tous les moyens possibles de nuire au roi son père, de détruire son royaume et de tirer vengeance des assassins. Avec les gens de son parti et avec les troupes bien plus nombreuses de don Fernando de Castro et de don Alvaro Pirez, frères de dona Inez, il entra dans la province d'Entre-Douro-e Minho et dans celle de Traz-os-montes; dans les endroits qui appartenaient au roi ils faisaient toute espèce de dommages, massacrant ou volant. Enfin don Pedro se présenta avec de grandes forces pour s'emparer de la ville de Porto; mais don Gonçalo Pereira, archevêque de Braga, à qui elle avait été confiée, s'y jeta avec beaucoup de monde; et comme elle n'était nullement fortifiée, notre archevêque, pour meilleure défense, la fit entourer de voiles de navires et se détermina à mourir plutôt que de la rendre. L'infant voulait grand bien au prélat et lui portait en même temps beaucoup de respect; ne voulant donc pas lui faire courir risque de la vie ou de l'honneur, et sachant d'ailleurs que le roi était déjà à Guimaraens et lui venait porter se-

(1) Elle avait eu quatre enfants de don Pedro; don Affonso, don Joao, don Diniz, et l'infante dona Britez Voy. *Catalogo das rainhas de Portugal*. 1 vol. in-4.

cours, il se désista de son projet et s'en fut; car il se repentait déjà de la désobéissance qu'il avait eue envers don Alphonse et désirait lui faire porter des paroles d'accommodement par le moyen de quelque intermédiaire.

Le cinq août de la même année, il arriva à Canaveses, où se rendit aussitôt la reine dona Beatriz sa mère, et par le moyen de l'archevêque et d'autres personnes qui intervinrent dans cette affaire le roi et l'infant entrèrent en arrangement. Il fut convenu que l'infant pardonnerait à tous ceux qui, de paroles ou de faits auraient été inculpés dans l'affaire de dona Inez; le roi devait agir de la même manière envers ceux qui l'avaient desservi dans la cause de l'infant; on établit que l'infant dorénavant obéirait au roi son père, comme il convenait à un bon fils et à un bon vassal, et qu'il chasserait de sa maison et de ses terres tous les malfaiteurs qu'il menait avec lui; que dorénavant, dans les divers endroits du royaume où il lui plairait d'aller, ou bien seulement où il se trouverait, il userait de toute juridiction haute et basse, et que les sentences et lettres qu'il donnerait passeraient au nom de lui l'infant; qu'il aurait des *Ouvidors* qui seraient à lui, qu'on désignerait sous son titre, et qui entendraient des causes jugées par les corrégidors ou autres magistrats quels qu'il fussent, relevant du roi; qu'en tout ils garderaient les lois et ordonnances, mais que, dans les cas de mort ou de condamnation à la perte de grands offices ou de terres de vasselage, avant l'exécution de la sentence on la ferait connaître au roi, qui déciderait ce qu'il aurait pour bien; que quand l'infant ordonnerait de faire justice, les crieurs publics diraient : « Justice que fait rendre l'infant par ordre du roi son père et en son nom. » De toutes ces conventions on dressa des actes authentiques, qui furent confirmés par serments solennels, par complète adhésion et par la présence de chevaliers assermentés de l'un et l'autre parti qui demeurèrent comme garantie; elles le furent également par le serment de la reine, qui jura aussi et qui donna son adhésion.

Après que la bonne intelligence fut rétablie entre le roi et l'infant, Alphonse alla à Lisbonne, où il tomba malade de maladie mortelle, tandis que don Pedro chassait à Ribeira de Canha. Le roi, sentant la mort arriver, fit appeler Diogo Lopez Pacheco, Alvaro Gonçalvez, ainsi que Pero Coelho, à qui il voulait du bien; ils avaient été les principaux conseillers ou les exécuteurs de la mort d'Inez, et malgré ses serments le prince nourrissait grand désir de vengeance contre eux. En présence de Gonçalvez Pereira, prieur du Crato, le roi leur dit à tous que comme, après sa mort qui s'approchait, il ne pouvait leur donner sûreté contre son fils, il leur conseillait de s'en aller du royaume, de mettre leur personne en sûreté le plus promptement possible, et qu'ils ne s'occupassent nullement des biens qu'ils ne pourraient emporter. Eux, qui le comprenaient on ne peut mieux, firent ce qu'il leur conseillait.

Le roi don Pedro avait déjà trente sept-ans quand il succéda à son père dans le gouvernement du royaume . . . .
. . . .

Ce roi était âpre et terrible de sa nature à punir les délinquants ou ceux qu'on lui présentait comme tels. Le plus souvent il condamnait sans entendre les parties et infligeait des peines plus grandes pour des délits qui n'étaient point prouvés que celles qui étaient ordonnées par le bon droit pour des crimes avérés. Dans aucune circonstance il ne les remettait ou ne les modérait, mais bien plutôt on peut dire qu'il prenait plaisir à les exécuter et pour que les bourreaux, ne vinssent pas à manquer, il en traînait toujours un à sa suite. Il fouettait même de sa main et donnait la géhène. Il portait toujours un fouet à sa ceinture pour qu'il n'y eût pas de retard à le trouver; car sans aucune preuve, sans vouloir entendre les excuses, il commençait le jugement par l'exécution.

Ce même roi, qui dans le châtiment était si hors de mesure, si âpre et si rigoureux, devenait dans la condition privée de caractère si facile et si agréable qu'il en perdait beaucoup de sa réputation et de son autorité parmi les hommes graves. On dit de lui qu'il était si enclin à danser qu'il le faisait publiquement et par les rues, comme les autres baladins; ce qui paraissait aussi fou en lui, que le plaisir qu'il prenait à frapper de sa main les malfaiteurs.

Très souvent il ordonnait donc des fêtes durant lesquelles il allait dansant de nuit et de jour, et ces danses s'exécutaient au retentissement de longues trompettes d'argent, faites exprès pour cela, et au son desquelles il prenait grand plaisir; car bien qu'on lui apportât d'autres instruments, il ne voulait pas les entendre. Et quand il venait à la ville, selon la coutume d'alors, les citadins et le peuple sortaient pour le recevoir en danses et en fêtes, et le roi débarquait de son bateau et se mettait à danser avec eux; c'est ainsi qu'il se rendait au palais.

Une nuit, ne pouvant dormir, il ordonna à ses joueurs de trompette de venir, et faisant allumer des torches il sortit par la ville, se mettant en danse avec les autres et réveillant les gens. Et après avoir passé ainsi une grande partie de la nuit, il retourna au palais, toujours dansant avec les mêmes personnes, et il demanda du vin et des fruits; car telle était la collation des anciens, même des rois, avant que le goût des sucreries et des conserves s'introduisît parmi nous, avec la découverte de nouveaux pays. C'est ainsi donc qu'il allait balant et se réjouissant durant les fêtes qu'il donnait, et notamment durant celle qui fut si fameuse et qu'il célébra quand il créa comte et arma chevalier don Joham Affonso Tello. Ce fut la cérémonie la plus magnifique qui ait eu lieu en ce temps, dans de telles solennités.

Le roi fit rassembler une immense quantité de cire, dont on fabriqua cinq mille torches et cierges, et il fit venir cinq mille hommes des environs de Lisbonne pour les tenir à la main durant la nuit où le comte fit la veillée des armes. Quand fut arrivé le moment de la cérémonie, il ordonna que, depuis le monastère de Santo-Domingos de Lisbonne, où elle se faisait, jusqu'au palais d'Alcaçova, ces hommes se tinssent immobiles et en ordre, chacun sa torche ou son cierge à la main; et cela donnait grande lumière. Le roi, avec beaucoup de gentilshommes et de chevaliers qui dansaient comme lui, le roi, dis-je, allait entre ces deux files, dansant et se réjouissant. Ce fut ainsi qu'ils passèrent la plus grande partie de la nuit. Le jour suivant on dressa une multitude de grandes tentes dans la place du Ressio, où il y avait d'énormes montagnes de pain cuit, grand nombre de cuves pleines de vin, et des vases disposés pour tous ceux qui voulaient boire; pendant ce temps on rôtissait dehors des bœufs entiers, et ce banquet fut public, pour ceux qui voulaient y prendre part, durant tout le temps de la fête, pendant laquelle furent armés un grand nombre d'autres chevaliers [1].

Ces manières et ces coutumes si diverses du roi don Pedro, nous les avons contées parce qu'elles se trouvent rarement réunies dans un même homme, surtout s'il est roi...

Don Pedro était grand chasseur, grand conducteur de meutes, étant infant, et après qu'il fut devenu roi, il eut grand train de chasse et grand nombre de piqueurs. Il vivait volontiers de viande, sans être beaucoup plus gros mangeur que d'autres hommes, et à cause de cela les salles du palais étaient toujours fournies de viandes en abondance. Quant aux autres particularités touchant sa personne, nous ne savons rien autre chose, sinon qu'il était bègue [1].

Avec cette libéralité il gouvernait de telle manière que, sans aucune vexation pour le peuple et sans exciter de plaintes, il acquit de grosses sommes d'argent qui accrurent le trésor de ses ancêtres, qu'il laissa au roi don Fernando, son fils. Il fit frapper en son temps beaucoup de monnaies d'or et d'argent; les *doubles* étaient d'or à vingt-trois carats, et il en fallait cinquante pour faire un marc; les *demi-doubles* valaient la moitié. Les pièces d'argent étaient des tournois, dont soixante-cinq faisaient le marc; il y avait des demi-tournois.

Il était de sa condition si libéral, et il avait tant de plaisir à donner, qu'on lui entendait dire très souvent : « Le jour où un roi n'a rien donné, on ne saurait avec raison l'appeler roi. » Et voulant peindre le plaisir qu'il avait à répandre ses libéralités, il disait aux siens de desserrer sa ceinture pour que son corps s'élargît, qu'il pût étendre la main et donner, faisant entendre ainsi qu'un monarque ne devait pas être d'inclination avare. Il faisait fabriquer des joyaux d'or et d'argent pour en faire des présents quand bon lui semblait; il fit augmenter le salaire de ses gentilshommes et des gens de sa maison au-delà de ce qui leur était accordé par les anciens rois. Il fut grand appréciateur des services, non-seulement de ceux qui lui étaient rendus, mais encore de ceux qui avaient été reçus par son père; il ne diminua jamais les biens qu'il avait concédés.

Les banquets qu'il donnait aux gentilshommes de sa cour qui l'accompagnaient lors de ses courses dans le royaume, qu'il visitait comme un corrégidor visite son district, ces banquets étaient splendides, d'une grande abondance et presque continuels; il en était de même durant les grandes chasses, qu'il aimait beaucoup et auxquelles il se livrait souvent. Pour cela il entretenait grand nombre de chasseurs et valets de pied, grand nombre de chiens et oiseaux de toute espèce.

Nous trouvons donc écrit de ce roi qu'il était fort aimé de son peuple parce qu'il le maintenait en droit et justice. Voilà la marche qu'il suivait dans l'expédition de ses affaires; toutes les pétitions qu'on lui présentait étaient remises entre les mains de Gonçallo Vaasquez de Goes, secrétaire da Puri-

(1) Tout ceci est parfaitement conforme à ce que raconte un peu plus longuement la chronique presque contemporaine de Fernand Lopes. Je dois avertir que j'ai introduit plus bas une ou deux phrases de ce chroniqueur, dans le récit de Duarte Nunez.

(1) Fernand Lopes dit qu'il l'était beaucoup (*Multo gago*).

dade; il les remettait à celui des secrétaires qui lui convenait, et celui-ci devait les répartir entre les magistrats dans les attributions desquelles elles entraient. Quant aux pétitions ayant rapport aux affaires de cours habituel, il faisait faire immédiatement les lettres qui y avaient rapport par celui des secrétaires entre les mains duquel la chose devait passer, de sorte que le jour même ou le jour suivant l'affaire était expédiée; le secrétaire qui n'agissait pas ainsi perdait ses bonnes graces. Les choses se passaient avec quelques différences, quant aux autres pétitions ayant rapport aux graces ou aux faveurs qu'on obtenait sur ses propres biens...

[1] De même que ce roi don Pedro était amant de la plus stricte justice envers ceux qui la méritaient, de même il faisait tous ses efforts pour que les affaires civiles ne fussent pas prolongées. Comme il trouva que les procureurs allongeaient les procès beaucoup plus que cela ne devait être, il ordonna que dans ses domaines et dans tout son royaume, il n'y eût plus de procureurs. Il recommanda aux juges et aux avocats de ne favoriser surtout aucune partie aux dépens d'une autre, et qu'ils eussent à se garder avant toute chose d'accepter certains services qui pussent faire croire que la justice était vendue; il voulut qu'ils s'appliquassent surtout à expédier promptement les affaires, disant que s'il savait qu'ils y missent de la négligence, ils le paieraient de leur corps et de leurs biens, et qu'il leur ferait payer aux parties toute la perte qu'il leur aurait causée. . . . .

. . . .

On peut donc bien dire de ce roi don Pedro que ce n'est pas de son temps qu'on vit s'accomplir pour certaines les paroles du philosophe Solon et de quelques autres, qui ont dit que les lois et la justice étaient semblables à une toile d'araignée, en laquelle les petits moucherons tombent et meurent, tandis que les grosses mouches, qui sont plus fortes, la rompent et s'en vont; voulant faire entendre par-là que les lois et la justice ne s'accomplissent qu'envers les pauvres gens, tandis que les autres, qui ont aide et secours, trouvent toujours moyen de rompre leurs liens et de leur échapper. Le roi don Pedro était pour le contraire, et ni prières, ni puissance, ne pouvaient faire échapper à la peine quand elle était due.

Non-seulement ce roi usait de justice contre ceux envers qui il avait droit de le faire, comme les laïcs et les personnes semblables, mais le cœur lui brûlait d'atteindre ceux qui niaient sa juridiction, et cela envers les clercs des ordres moindres jusqu'aux plus élevés; et si on lui demandait qu'il les envoyât à leur vicaire, il répondait qu'on les mît à la potence; que c'était ainsi qu'il les envoyait à Jésus-Christ qui était leur vicaire véritable et qui ferait d'eux ce que de droit, mais en l'autre monde [1].

Vous avez entendu longuement ce que nous avons dit de la mort d'Inez [2] et les raisons pour lesquelles don Affonso la fit mourir; vous savez aussi la grande querelle qu'il y eut à ce sujet entre le roi et don Pedro. Celui-ci étant, au mois de juin, en un lieu nommé Castanhède, et comme il y avait quatre ans qu'il régnait, ordonna qu'il fût publié que dona Inez était sa femme. Se trouvaient avec lui don Joham Affonso, comte de Barcellos, grand-majordome, Vasco Martins de Souza, son chancelier, maître Affonso das Leis, Martim Vaasquez, seigneur de Goes, Gonçallo Meemdez de Vasconcellos, Joham Meemdes, son frère, Alvoro Pereira, Gonçallo Pereira, Diego Gomez, Vaasco Gomez d'Aavreu, et beaucoup d'autres que nous n'avons besoin de rappeler. Le roi fit venir un tabellion, et tous étant présents,

(1) Ici commence la chronique de Fernand Lopes, que l'on considère comme le Froissard du Portugal et qui était presque contemporain des événements qu'il rapporte, si on observe que don Pedro mourut en 1367 et que notre historien commença à écrire en 1434, dans un âge déjà assez avancé. On le voit, dès 1459, se démettre de sa charge de *guarda mo'r* des archives, parce que sa vieillesse ne lui permettait plus d'en remplir les fonctions. Malheureusement on n'a presque aucun renseignement sur la vie de ce patriarche des écrivains portugais; on ignore jusqu'à l'année de sa mort; on sait seulement qu'après avoir été revêtu des emplois les plus honorables, il mourut, sous Alphonse V, entouré de la plus haute considération

(1) Nous regrettons vivement que l'espace nous manque pour laisser raconter au vieux chroniqueur les terribles justices de son héros. Tantôt on le verrait s'en prenant à un évêque de Porto, reconnu pour être tombé en état d'adultère; et il ferait beau voir le Justicier, mesurant son pouvoir à un pouvoir plus grand que le sien peut-être, mais dont il ne s'effraie pas un instant; car il ne consent à abandonner le prélat, après l'avoir fouetté de sa main, que pour le livrer à la juridiction suprême du pape. Une autre fois on le verrait faisant exécuter un amiral, en dépit du doge de Gênes, pour crime de séduction. Deux serviteurs qu'il affectionnait ont la tête tranchée pour avoir assassiné un Juif, et le vieil historien nous le peint pleurant d'être contraint à une telle sévérité. Il y a dans Fernand Lopes plusieurs traits semblables; mais j'avouerai qu'il en est des plus curieux et des plus connus, comme du couronnement d'Inez. On les chercherait vainement dans la chronique, et si on y tient historiquement, il faut les accepter de la tradition ou de Duarte Nunez et de Faria y Souza.

(2) Toute cette partie du récit qui eût été si précieuse à consulter, était probablement liée à la chronique d'Alphonse V que Fernand Lopes a évidemment écrite. Nous avons conservé, quant aux noms, l'orthographe du chroniqueur.

jura sur les Évangiles, touchés par lui corporellement, qu'étant encore infant, se trouvant à Bragance, comme le roi son père vivait encore, il y avait de cela sept ans plus ou moins, mais sans qu'il pût se rappeler ni le mois, ni le jour, il avait reçu pour femme légitime, de paroles et étant présente, comme l'exige la Sainte-Église, dona Inez de Castro, jadis fille de don Pero Fernandez de Castro, et que dona Inez l'avait reçu pour mari, avec paroles semblables, vivant depuis en union et mariage comme ils le devaient faire[1].

Après que trois jours se furent passés, arrivèrent à Coïmbre don Joham Affonso, comte de Barcellos, Vaasco Martins de Souza et maître Affonso das Leis; et dans le palais ou se lisaient les decrétales (parce que l'étude était en cette ville), ayant fait venir un tabellion, ils appelèrent deux témoins, à savoir don Gil, évêque da Guarda et Estevan Lobato, serviteurs du roi, et ils leur dirent qu'après avoir juré sur les Évangiles, ils déclarassent la vérité de ce qu'ils savaient, relativement au mariage de don Pedro et de dona Inez. Et ayant été interrogés chacun séparément, l'évêque dit d'abord qu'allant avec ledit seigneur, et se trouvant alors prieur da Guarda, comme l'infant, maintenant roi, et dona Inez avec lui demeurait en la ville de Bragamça, ce seigneur l'avait fait appeler un jour en sa chambre, dona Inez étant présente, et qu'il lui avait dit qu'il la voulait recevoir pour femme, et que sur-le-champ, sans plus de retard, ledit seigneur avait mis sa main dans sa main, et que dona Inez, en faisant autant, il les avait unis tous les deux avec paroles de contractation comme l'ordonne la Sainte-Église... Et chose semblable ayant été demandée à Estevan Lobato, il dit que le roi, étant infant, l'avait fait appeler dans sa chambre, où il lui avait déclaré qu'il voulait prendre dona Inez pour femme, et que sa volonté était qu'il fût témoin... Il ajouta que cela était arrivé au mois de janvier, y avoir environ sept ans plus ou moins. Et quand toutes ces demandes eurent été écrites selon ce que vous venez d'entendre, ils firent sur-le-champ assembler les gens qui étaient déjà préparés à cela, à savoir don Lourenço, évêque de Lisbonne, don Affonso, évêque de Porto, don Joham, évêque de Viseu et don Affonso, prieur de Santa-Cruz, et tous les gentilshommes nommés auparavant, et bien d'autres que nous ne disons pas, avec vicaires et clergé et une foule de peuple, tant ecclésiastique que séculier, qui s'était assemblée pour cela; et le silence s'étant fait pour bien entendre, le comte don Joham commença à dire : « Amis, vous devez savoir que le roi qui est maintenant notre seigneur, a reçu pour femme légitime dona Inez de Castro... Et parce que la volonté du roi est que cela ne soit plus caché, il m'a ordonné que je vous le notifiasse pour tirer soupçon de vos cœurs et afin que cela fût su clairement; mais si malgré ce que je viens de vous dire et en dépit de ce qui vous a été lu et déclaré, quelques-uns observaient que tout cela est comme non advenu, parce qu'il n'y a pas eu de dispenses qui pût effacer le degré de parenté qui existait entre eux, elle étant cousine du roi notre seigneur, il m'a ordonné que je vous certifiasse le tout et qu'on vous montrât cette bulle qu'il obtint étant infant, et où le pape lui donne dispense de se marier avec toute femme qu'il désirera, quelque proche qu'elle lui fût, et quand bien même elle le serait davantage que ne l'était dona Inez. »

Alors on publia devant tous la lettre du pape Jean XXII[1]. . . . .
. . . .

Les meurtriers de dona Inez avaient été reçus par le roi de Castille avec accueil favorable; ils recevaient de lui bienfaits et courtoisie, et ils vivaient en son royaume tranquilles et sans crainte; mais depuis que l'infant don Pedro avait commencé à régner, il avait rendu sentence de trahison contre eux... Et de même, vers cette époque, s'étaient enfuis de Castille, par crainte du roi qui voulait les faire mourir, don Pedro Nunez de Guzman, grand adelantade du pays de Léon, Meem Rodriguez Tenoiro, Fernam Goliel de Tolledo et Fernam Sanchez Caldeirom, et ils vivaient en Portugal sous la protection du roi don Pedro. Les Portugais comme les Castillans, pensaient ne recevoir jamais de dommage, parce que c'était la réflexion qui leur avait fait choisir ce redoutable asile, à l'abri d'une assurance formelle qui ne fut guère observée par les rois. Ceux-ci firent secrètement une convention par laquelle celui de Portugal devait remettre prisonniers au roi de Castille les gentilshommes vivants en son royaume, tandis que l'autre livrerait Diogo Lopez Pacheco et ses deux compagnons, qui s'étaient réfugiés en Espagne, et ils ordonnèrent de plus qu'ils fussent tous pris en un jour pour que la captivité des uns ne pût pas avertir les autres.

La convention étant faite de cette manière,

(1) Ce mariage aurait eu lieu en 1354.

(1) Le chroniqueur rapporte ici la bulle mise si souvent en doute; on a été contraint de résumer par une ligne certains détails donnés plus haut par Nunez de Liao.

les gentilshommes dont nous avons parlé furent faits prisonniers en Portugal; mais le jour où arrivèrent les ordres du roi de Castille, à l'endroit où l'on devait s'emparer de Diego Lopez et des autres, il advint que le matin de fort bonne heure celui-ci était allé à la chasse aux perdrix. Après s'être emparé de Pero Coelho et d'Alvaro Gonçalvez, ils voulurent le faire prisonnier et ne trouvèrent personne; ils firent alors fermer les portes de la ville, afin que qui que ce fût ne pût lui envoyer de message et le prévenir; en conséquence ils l'attendaient pour le prendre lors de sa venue. Un pauvre estropié, qui recevait toujours quelque aumône quand Diego Lopez mangeait chez lui et avec qui il causait quelquefois, vit comment les choses se passaient et songea à l'aller prévenir avant qu'il rentrât en son logis. Il s'informa adroitement de l'endroit où était allé Diego Lopez; il se présenta alors aux gardes des portes de la ville et les pria de le laisser sortir, et eux, n'ayant aucun soupçon sur un tel homme, ouvrirent les portes et le laissèrent aller. Il se dirigea vers l'endroit où il pensait que Diego Lopez devait venir, et enfin il le rencontra avec ses écuyers et ne pensant nullement aux nouvelles qu'il lui apportait. Notre pauvre lui dit alors qu'il voulait lui parler, et celui-ci, ne soupçonnant pas de quel message il était chargé, aurait bien voulu se dispenser de l'écouter; mais le pauvre insistant, il lui conta comment un garde du roi de Castille était venu avec beaucoup de gens armés à son palais, pour le prendre, après s'être emparé des autres. Quand Diego Lopez eut entendu cela, la raison lui dit bientôt ce qui en était; la crainte de la mort le troubla et il devint tout pensif. Le pauvre, le voyant ainsi, lui dit : « Croyez-en mon conseil, il vous sera utile; séparez-vous des vôtres; allons dans une vallée qui n'est pas loin d'ici, et je vous dirai comment vous devez vous y prendre pour vous sauver [1]. » Alors don Diego Lopez dit aux siens qu'ils s'en allassent par-là à quelque distance en chassant, qu'il voulait entrer seul avec ce mendiant en une vallée où il lui affirmait qu'il y avait grand nombre de perdrix. Ils firent ce qu'il disait et ils s'en allèrent tous deux en cet endroit. Et le pauvre lui dit alors que, s'il voulait s'échapper, il fallait qu'il revêtit ses haillons déchirés et qu'il s'en allât ainsi à pied jusqu'à la route qui conduisait dans l'Aragon; qu'à sa première rencontre avec des muletiers il pourrait se mettre à leur solde, et que de cette manière, ou sous l'habit d'un moine, s'il lui était possible de s'en procurer un, il se mettrait en sûreté dans le royaume d'Aragon; car nécessairement on allait le chercher par tout le pays. Diego Lopez prit son conseil et s'en fut à pied de cette manière, et le pauvre ne retourna pas sur-le-champ à la ville... Ceux qui avaient souci de prendre le fugitif s'en furent le chercher en lieux bien différents; et quant à ce qui lui arriva en chemin, comment il passa par l'Aragon pour aller en France, près du comte don Henrique, la manière dont celui-ci lui fit gagner les campagnes d'Avignon et les autres choses qui lui advinrent, nous n'en parlerons pas pour ne point sortir de notre sujet.

Quand le roi de Castille sut que Diego Lopez n'avait pas été pris, il en eut grand chagrin, mais il ne sut qu'y faire; toutefois il envoya Alvoro Gonçallvez et Pero Coelho bien garrottés et sous bonne garde au roi de Portugal, son oncle, selon qu'il avait été convenu entre eux, et quand ils arrivèrent à la frontière ils trouvèrent là Meem Rodriguez Tenoiro et les autres Castillans que le roi don Pedro envoyait; et depuis Diego Lopez, parlant de cette histoire, disait que ça avait été échange de bourrique contre bourrique. Alvoro Gonçallvez et Pero Coelho furent donc conduits en Portugal et arrivèrent à Santarem, où était le roi don Pedro; et le roi, en grande joie de leur venue, mais bien mal satisfait aussi de ce que Diego Lopez s'était échappé, s'en fut les recevoir, et, fureur cruelle, il les fit mettre de sa propre main à la géhenne, voulant leur faire confesser qu'ils étaient coupables de la mort de dona Inez et que c'était là ce que son père avait combiné contre lui quand ils s'étaient brouillés à sa mort; mais aucun d'eux ne répondit à telles demandes choses qui convinssent au roi; et l'on rapporte qu'en sa colère il donna à Pero Coelho de son fouet par le visage, et que celui-ci, s'abandonnant contre ledit roi en paroles vilaines et déshonnêtes, l'appela traître, sans foi, parjure, bourreau et boucher des hommes, et don Pedro, disant qu'on lui apportât des ognons et du vinaigre pour assaisonner ce lapin [1], commença à se moquer d'eux et ordonna qu'on les fît mourir. La manière dont se passa leur mort, étant dite tout au long, serait chose bien étrange et bien cruelle à raconter; à Pero Coelho il lui fit tirer le cœur par la poitrine, et à Alvoro Gonçallvez ce fut par les épaules. Les paroles qu'il y eut

(1) Au moment de sa mort, comme on le verra, don Pedro reconnut que Diego Lopez n'était point coupable.

(1) *Dizendo que lhe trouxessem cebolla e vinagre pera o coelho.* Pour comprendre cet affreux jeu de mots, il faut se rappeler que *coelho* signifie lapin en portugais.

en cette occasion, le peu d'habitude qu'avait en un tel office l'exécuteur, tout cela serait chose bien douloureuse à entendre[1]. Enfin don Pedro ordonna qu'ils fussent brûlés. Tout cela eut lieu devant le palais où il faisait sa demeure, de manière qu'en dînant il avait l'œil à ce qu'il faisait faire. Ce roi perdit beaucoup de sa bonne renommée par un tel scandale. En Portugal et en Castille cela fut regardé comme une action très mauvaise, et tous les honnêtes gens qui en entendaient le récit disaient que les rois avaient commis très grande erreur en allant ainsi contre leurs promesses, parce que ces chevaliers s'étaient réfugiés en leurs royaumes sous la foi de leur parole. . . . .

. . . .

Si quelqu'un dit que beaucoup ont existé qui ont aimé autant et plus que don Pedro, telles que Ariane et Didon et autres que nous ne nommons pas, nous répondrons que nous ne parlons pas d'amours imaginaires, lesquelles certains auteurs, bien fournis d'éloquence et fleuris en beaux discours, ont rapportées selon leur fantaisie, disant, au nom de telles personnes, raisons auxquelles elles n'ont jamais songé; mais que nous parlons de ces amours qui se content et lisent dans les histoires, et qui ont leur fondement sur la vérité. Ce sincère amour, le roi l'eut pour dona Inez, dès qu'il s'éprit d'elle, étant alors marié et encore infant, de telle sorte qu'au commencement il semblait perdre près d'elle la vue et la parole; il ne cessait de lui envoyer des messages comme vous l'avez vu plus haut. Les efforts qu'il fit pour la posséder, ce qu'il accomplit à cause de sa mort, et les justices qu'il rendit sur la personne de ceux qui étaient coupables envers elle, bien qu'il allât contre ses serments, tout cela est attesté par ce que nous avons dit. Et s'étant rappelé d'honorer ses ossements, puisqu'il ne pouvait plus faire davantage, il ordonna de leur élever un monument de pierre blanche subtilement ouvragé et fit placer sur la pierre du tombeau son image avec la couronne sur la tête, comme si elle eût été reine; et ce monument il le fit placer dans le monastère d'Alcobaça, non à l'entrée, où reposent les rois, mais dans l'église à main droite, près de la grande chapelle, et il fit transporter son corps du monastère de Santa-Clara où elle reposait le plus honorablement qu'il se pouvait faire. Elle venait dans une litière fort bien ornée pour le temps, laquelle était portée par d'illustres chevaliers, accompagnés de grands seigneurs et de beaucoup d'autre monde, de dames, de damoiselles et de gens d'église. Par le chemin il y avait grand nombre d'hommes avec des cierges à la main, rangés de telle manière que, le long de la route, le corps fût toujours entre des torches enflammées. C'est ainsi qu'ils arrivèrent au monastère, qui était à dix-sept lieues de là. Le corps fut placé dans le monument, avec grand nombre de messes et solennités, et cette translation fut la plus honorable qui eût été vue jusqu'alors en Portugal. Semblablement il fit faire un autre monument bien ouvragé pour lui, et il le fit placer a côté de celui d'Inez, afin que, quand il viendrait à mourir, on l'y déposât; et étant à Extremoz il tomba malade de ses dernières douleurs. Et gisant ainsi malade il vint à se souvenir qu'après la mort d'Alvaro Gonçallvez et Pero Coelho, il avait été prouvé que Diego Lopez Pacheco n'avait pas été coupable de la mort de dona Inez, et il lui pardonna tous les griefs qu'il avait contre lui, ordonnant qu'on lui rendît ses biens, ce que fit le roi don Fernando son fils. Et le roi ordonna, par son testament, qu'on attachât à tout jamais audit monastère six chapelains qui chantassent et eussent à dire pour lui chaque jour une messe officiée, à laquelle ils devaient se rendre avec la croix et l'eau bénite. Et le roi don Fernando son fils, pour que s'accomplissent et se chantassent avec plus d'efficacité les dites messes, donna au monastère en pure donation le lieu désigné sous le nom de Paredes, district de Leirea, avec toutes les rentes et seigneuries qui y étaient attachées... Et le roi don Pedro mourut un lundi de bon matin, le 18 janvier de l'ère 1405 [1]. Il y avait dix-sept ans et vingt jours qu'il régnait et il était dans la quarante-septième année de son âge, en y ajoutant neuf mois et huit jours. On le fit transporter au monastère dont nous avons parlé, et on le déposa dans son monument, qui est près de celui de dona Inez [2]. Et comme l'infant don

(1) L'auteur anonyme du manuscrit portugais de la Bibliothèque royale, sous le numéro 10,253, qui fait suite à l'histoire d'Alphonse-le-Sage et qui semble contemporain du récit de Fernand Lopes, ne craint pas de citer une partie de ces effroyables paroles; nous ne les rapportons nous-mêmes ici que pour faire comprendre plus complètement ce terrible épisode de l'histoire du moyen-âge. « Comme le bourreau cherchait le cœur de Pero du côté droit, il lui dit : Vilain, cherche de ce côté. Ce cœur était de la grosseur d'un cœur de taureau. »

(1) Il s'agit ici de l'ère espagnole qui est de trente-six ans antérieure à l'ère chrétienne.

(2) Pour compléter cette série de renseignements historiques sur Inez de Castro, j'ajouterai qu'on peut voir dans le beau Voyage pittoresque en Espagne et en Portugal, de M. le baron Taylor, une vue de la chapelle où sont ces deux tombeaux; je transcris ici une partie du texte relative au couvent de Batalha :

Fernando, son fils aîné, n'était point là, alors, le corps du roi fut gardé et non transporté immédiatement, jusqu'à ce que l'infant fût arrivé. Ce fut le jeudi qu'il fut déposé en la tombe, et les gens disaient qu'il n'y avait jamais eu en Portugal dix années comme celles durant lesquelles avait régné don Pedro.

« Dans la petite ville d'Alcobaça, située dans la province de l'Estramadure, bâtie au confluent de la Baça et de l'Alcoa, on voit dominer, comme un cèdre au milieu d'arbrisseaux, une vaste et célèbre abbaye de l'ordre de Saint-Bernard, sous la règle de Cîteaux, fondée et richement dotée, en 1151, par don Alfonse Henriquez, lors de la prise de Santarem sur les Maures.

« L'église est au milieu des nombreux bâtiments du couvent; on y monte par un beau perron, et sa façade offre un développement de deux cent trente pieds de largeur; l'intérieur, dont le style d'architecture est le roman du douzième siècle, est couronné par une voûte portée par vingt-six colonnes de marbre; les orgues ont cent soixante-treize tuyaux placés horizontalement; huit petites chapelles, derrière le maître-autel, accompagnent l'abside, et les tombeaux de don Sanche I, d'Alphonse II et d'Alphonse III, ornent les travées des bas-côtés du cœur.

« Un écrivain portugais, en parlant de l'étendue de ce monastère, dit que ses cloîtres sont des villes, sa sacristie une église et celle-ci une basilique. Cent trente religieux, tous gentilshommes, ayant chacun un frère servant, habitent dans les nombreuses cellules de cette splendide abbaye.

« Dans le trésor, on voit un calice d'or massif garni de pierreries et couvert d'ornements ciselés, dont le goût, le fini et le travail ravissant le disputent à l'art de Benvenuto Cellini.

« La bibliothèque du couvent renferme les manuscrits les plus rares relatifs à la vieille histoire du royaume.

« Une galerie contient les portraits de vingt-six rois de Portugal, rangés par ordre chronologique, depuis Alphonse I, roi de ce royaume, mort en 1185, jusqu'à la reine Marie I, née en 1734.

« Une salle est décorée des statues de vingt-trois de ces rois en costumes coloriés. Les jardins de l'abbaye sont plantés de hauts orangers, dont plusieurs sont greffés en limons.

« L'abbé jouit de nombreux priviléges, non-seulement comme *esmoleiro-mo'r*, grand-aumônier, mais encore comme donataire de la couronne, pour la nomination de nombreux officiers.

« Mais ce qu'il y a encore de plus précieux, ce qui est encore plus admirable que toute cette puissance et toutes ces merveilles, ce sont les tombeaux d'Inez de Castro et de don Pedro, placés dans un sanctuaire devenu le lieu le plus solennel et le plus poétique de Portugal. » (*Voyage pittoresque en Espagne, en Portugal et sur la côte d'Afrique, de Tanger à Tetouan*, par M. J. Taylor, l'un des auteurs des *Voyages pittoresques dans l'ancienne France*, liv. XIII, pl. 60.)

Ne pouvant reproduire ici la précieuse gravure qui accompagne si bien la description qu'on vient de lire, j'ajouterai que le monument que don Pedro fit élever à Inez a tout le caractère religieux de cette époque, et que les anges qui entourent celle qui ne fut reine qu'après sa mort, ont dans leur attitude quelque chose de tendre et de pieux qui va bien à une semblable infortune. Ajoutons que, durant les guerres de l'invasion, ces tombes ne furent pas violées comme celles du couvent de Batalha; mais qu'un amateur trop fervent des traditions ne respecta pas suffisamment la sépulture de l'épouse du Justicier. Une portion de la belle chevelure blonde d'Inez fut coupée, et plusieurs personnes peuvent se rappeler en avoir vu quelques tresses conservées à Paris dans un précieux reliquaire. Un savant portugais, plein de zèle pour les antiquités de son pays, M. Carvalho, nous a affirmé avoir vu, il y a quelques années, le corps d'Inez au couvent même d'Alcobaça; il est dans un état parfait de conservation. On peut, disait-il, reconnaître encore les traits de cette beauté accomplie, seulement la peau a pris le ton du vélin bruni par le temps. Si ma mémoire ne me trahit pas, Inez porte une longue robe bleue avec une demi-tunique rouge, et elle a été couchée dans le cercueil de manière à ce qu'on voie difficilement l'outrage fait à sa chevelure. Le R. Kinsey, dans son *Portugal illustrated*, donne un portrait d'Inez de Castro; mais nous avouerons que, comme il n'indique pas les sources où il a puisé, il ne nous est pas possible de l'admettre comme authentique. Le costume et surtout la coiffure donnent à supposer qu'il est de beaucoup postérieur à la date indiquée. L'estimable voyageur offre quelques autres détails plus précieux sur la *quinta das lagrymas*, dont on voit encore l'emplacement à Coïmbre et qui appartenait aux ancêtres d'Inez. Malheureusement on n'a pris aucun soin de conserver ce lieu plein de souvenirs. Si ce n'avait été l'espèce de vénération poétique qui s'est attachée, parmi les étudiants de Coïmbre, à la fontaine des Amours, elle aurait depuis long-temps disparu avec les cyprès qui l'environnent. Ces beaux arbres et une table de pierre où le général Trant a fait graver quelques vers admirables de Camoens, sont tout ce qui rappelle au voyageur le souvenir d'Inez. Le ruisseau coule sur un lit de marbre marqué de taches rouges, et la légende merveilleuse veut que ce soient les traces du sang répandu par les meurtriers.

LA GARZA DE PORTUGAL,

VÉRITABLE RÉCIT OU L'ON RAPPORTE L'HISTOIRE LAMENTABLE DE DOÑA INEZ DE CASTRO, SURNOMMÉE *PORT DE HÉRON*,

Romance espagnole[1].

C'est à la reine des cieux, à celle que tant de vertus ont couronnée de lauriers et qui a emporté la palme, à celle vers laquelle est remontée au plus haut des cieux et comme

(1) Je savais qu'il existait deux chants populaires sur ce poétique événement : une romance et une *xacara* ; cette dernière pièce m'avait été indiquée comme ayant été vendue à la vente de Charles Nodier. J'ai été assez heureux pour me la procurer dans une autre collection formée en Espagne, et je dois à l'obligeance de M. le

un oiseau divin, le beau Cygne, que je demande une plume de ses ailes pour que mon esprit puisse raconter la cruauté la plus déplorable, et cette infortune que pleurent jusqu'aux statues de bronze et de marbre.

Dans le glorieux royaume de la nation portugaise naquit un prince à qui la renommée avait donné le surnom de Cruel; mais pour l'être ils lui en avaient donné cause suffisante.

Par la volonté du roi son père, le prince don Pedro s'était marié avec une infante d'Espagne; il y avait mis une grandeur souveraine, et une dame dont la beauté a égalé la disgrace avait suivi sa reine; c'était dona Inez de Castro; je vous l'ai dit et cela doit suffire.

Et bientôt mourut, en Portugal, la princesse castillane; et les Portugais regrettèrent sa mort, car la chose les touchait. Le prince se conduisit avec grandeur royale; mais la peine étant apaisée, car tout s'achève avec le temps, voilà qu'il entra pour se divertir en un jardin, comme il en avait la coutume, et il se prit à regarder une fontaine d'une fabrique si rare que le bassin était en albâtre, avec un autre bassin d'argent. Et il vit celle qui était le miroir de ses regards inclinée au bord des eaux, le miroir de ses regards se mirait en ce froid cristal.

Le prince s'en vint à la fontaine, car le feu cherche toujours l'eau; et contemplant cette femme si belle, sa vue demeura embrasée. Inez, avec sa grace caressante, souleva son visage; le prince en demeura pétrifié, dona Inez le fut aussi. Mais par les yeux, le souffle de la vie pénétrait jusqu'en leur ame.

Le feu vainquit la neige, et surmontant la cause qui emprisonnait sa langue, le prince éperdu lui parla; il lui donna parole d'époux; promettant de la faire couronner comme reine de Portugal et comme impératrice de sa maison. Inez le récompensa d'une promesse si héroïque, et la dame courtoise, découvrant le blanc satin de sa peau, lui donna la main comme épouse avec une juste reconnaissance, si bien qu'ils accomplirent l'adage qui dit : Deux cœurs et une seule ame.

Par foi de paroles et de main, ils se marièrent en secret, mais leur union fut volontaire; et craignant que son père ne mît obstacle à ce mariage, pour mieux le cacher l'infant enleva dona Inez du palais, donnant pour demeure à celle qui le charmait une campagne voisine du Mondego.

Et le père qui ignorait les événements qu'on a rapportés, traita avec la Navarre du mariage de l'infant, le voulant faire pour son bonheur, et voilà que le roi de Navarre accepta cette union pour l'infante dona Blanca. Accompagné des grands de sa cour et de sa maison, il s'en vint à Lisbonne, le pélerinage lui causant, dit-on, mille peines.

Le roi s'en vient visiter le prince; il lui dit et il lui ordonne que puisque dona Blanca doit être son épouse, il faut qu'il l'aille visiter. Le prince don Pedro lui obéit, et l'infante le reçoit avec tendre courtoisie. Mais le prince ainsi lui a parlé :

— Dame très Sérénissime, certes je me serais réjoui en mon ame de vous éviter ainsi qu'à moi tous ces dégoûts, car je vous vois engagée en un refus indispensable; mais puisqu'il est nécessaire de déclarer ce qui peut faire votre peine, ma voix doit rompre le silence et je ne saurais rien cacher.

Pour la première fois, madame, je me mariai en Castille, et ce fut avec l'infante. J'obéis au désir de mon père. D'ailleurs tout le monde connaît la cause de semblables événements, venons à la chose importante.

Quand ma défunte épouse s'en vint d'Espagne en Portugal, une dame de grande beauté vint avec elle pour l'assister. Oh! sa beauté c'était un prodige.

Que Votre Altesse me pardonne de la louer ainsi devant elle, mais cela importe beaucoup, elle excusera mon audacieuse témérité quand elle sera bien prévenue de la cause de ma passion. Pour abréger enfin, c'est dona Inez, qu'on appelle ici *Port de héron*.— Sa beauté est si grande, sa discrétion si infinie, qu'elle remplace à mes yeux le ciel, et qu'elle est le centre de gloire où va se reposer mon ame.

Elle s'est emparée de ma vue, et je l'ai perdue, car sa grace me l'a dérobée. J'ai sollicité sa beauté et elle a favorisé mes angoisses jusqu'à les payer par le bonheur. Dona Inez est mon épouse, et je suis marié avec elle, rien n'est comparable à mon bonheur; il est si haut placé et si doux, que rien en ce monde ne le pourrait égaler, ainsi Votre Altesse pourra s'en retourner dans la Navarre; Inez seule doit être couronnée en Portugal.

Et le prince s'en fut, et la triste Blanca pâlit, puis elle permit à ses yeux de pleurer les peines qu'elle souffrait; et le noble roi de Navarre sentit avec excès le mépris qu'on

baron Taylor d'avoir pu comparer ces deux chants traditionnels qui sont identiquement la même chose, à quelques interpolations ou quelques altérations près. J'ai tâché de restituer le texte, altéré par tant de voix, en comparant les deux exemplaires. Je ferai observer en passant que chaque chanteur de complaintes ayant altéré, selon les siècles ou les localités, la romance ou la *xacara*, l'indication de certains instruments ou de certaines armes, telles que le mousquet, ne serait pas une preuve de son peu d'antiquité.

faisait de sa sœur; il ordonna qu'on prît les armes. Les trompettes et les tambours et maints courageux capitaines se mirent en campagne avec sa vaillante armée, tous décidés à maintenir la guerre jusqu'à ce qu'on vît la couronne de Portugal renversée; car pour venger l'honneur de sa sœur, ce roi prétendait en faire l'escabeau de ses pieds.

Le clairon belliqueux résonne et le tambour retentit; la campagne se peuple de lances, de mousquets et de hallebardes; de riches étendards se déploient, les bannières tremblent au vent; on met le siége devant Lisbonne.

Le roi de Portugal, craignant cette arrogance, demande trève; il appelle ses conseillers, et une fois monté sur son trône il requiert leurs conseils. L'un était Egaz Coelho, l'autre s'appelait Alvar Gonçalez. Et le conseil qu'ils lui donnèrent, c'est que dona Inez devait mourir, étant cause de cette guerre et sa mort étant d'importance.

Le roi répliqua que non, que c'était tyrannie injuste; — les traîtres lui répondirent que sa renommée se perdait, et qu'il risquait encore ensemble sa couronne avec sa vie. Et enfin ces tyrans et ces traîtres alléguèrent tant de périls que, sans se lever de son trône, le roi signa la sentence de dona Inez; elle devait mourir décollée.

Ils s'assurèrent du prince dans la prison d'un alcaçar, et ils partirent pour Coïmbre où demeurait dona Inez. Ici ma main devient tremblante, la plume s'arrête et mon pouls bat; la peine et le tourment emprisonnent ma langue; elle balbutie ce qu'elle raconte.

Ils lurent la sentence à cette douce brebis, à celle qui imita Abel au milieu des fureurs de ces détestables Caïns. Revêtue de mille douleurs, ses yeux laissèrent échapper des perles semblables à celles de l'aurore et qui se miraient encore dans l'éclat de ses joues.

Assise sur un fauteuil, ils lui attachèrent les mains par-derrière, et l'homicide tyran arriva avec une écharpe; on lui ferma la bouche, et le couteau perfide coupa ce cou qui avait été si beau.

Ainsi tomba cette neige empourprée, cette lune qui s'éclipsait, ce soleil tout voilé, cette lumière éteinte, cette étoile sans rayons, cette lumière sans flamme; ainsi périt cette rose décolorée, cet œillet sans parfum, ce jasmin effeuillé, ce héron privé de son cou. Son vol s'était abattu; sa renommée allait grandir [1].

Dona Inez de Castro mourut. Que Dieu donne la gloire à son ame, et qu'entre de beaux anges elle soit placée à jamais... Que la renommée raconte aussi pour moi les excès passionnés auxquels s'abandonna le prince le plus aimant quand il apprit cette disgrace.

Il fit évanouir la nuit avec la lueur de cent mille torches, et il y eut un enterrement solennel depuis Coïmbre jusqu'à Alcobaça. Là il déposa la couronne sacrée sur la tête d'Inez, et au même instant tous les grands baisèrent sa blanche main; il voulut que tout le royaume lui prêtât serment comme à une reine. Et aux traîtres il fit arracher par l'épaule leur cœur plein de trahison; ils payèrent ainsi leur faute.

Le roi mourut, assigné pour aller rendre largement compte de ses actions à Dieu. Dona Inez perdit la vie, les traîtres perdirent leur ame. Quand Navarre sut cet événement il leva le siége, et mon esprit vous demande humblement pardon de toutes les fautes qu'il a commises.

(1) Ces détails populaires sur le supplice d'Inez s'accordent avec le livre de la Nonne de Santa-Cruz. *Era* MCCCXCIII *die januarii decollata fuit donna Enes per mandatum domini regis Affonsii IV*. Il s'agit encore ici de l'ère espagnole.

POÉSIES DU ROI DON PEDRO[1],

A UNE DAME.

Vous êtes plus digne d'être servie qu'aucune dame de ce bas monde ; vous êtes ma seconde divinité, vous êtes mon bien en cette vie.

Vous êtes celle que j'aime pour vos mérites. A cause de vous, je ne saurais plus m'aimer moi-même. C'est à vous seule qu'est due loyauté en ce monde. Oui, vous êtes ma seconde divinité, vous êt s le plaisir de ma vie.

Autre fragment.

Où mes amours trouveront-ils soulagement, où mes grandes terreurs trouveront-elles sûretés? La tristesse n'admet pas la crainte, et cependant la crainte me fait soupirer ; l'inconstance m'a ôté la foi, et néanmoins je puis avoir tort ; l'espérance porte déjà avec elle le bonheur, sans que mes amours en soient plus assurées.

Autre fragment.

Un beau désir m'a fait mener vie étrange, et la solitude m'accompagna dès que je sus qu'elle partait. Mais, sur toute pensée, elle ne voulait s'éloigner de moi, disant toujours : à quelle fin veux-tu une telle séparation?

Ta pensée, je l'aspirais en moi, et sans tristesse je te répondis avec courtoisie : oh! tu es celle qui me guide.

Autre fragment.

J'ai enfin le soulagement désiré, et mes maux ont fait une pause. Non, l'espérance n'est pas vaine si tu me favorises.

Si tu me favorises, tous mes maux tourneront en plaisir. Tu donneras à mon travail l'allégement que je mérite ; la confiance pourra bien plus que tous mes tristes maux, le désespoir enfin mourra si tu me favorises.

Autre fragment.

Celui qui vous a tué, madame, a besoin de la protection puissante du sort et des astres, puisqu'il n'a pas craint de nous causer tant de tristesse et tant de douleur à vous et à moi.

Et puisque je n'ai pu arriver pour empêcher votre triste fin, je vous reçois, ma vie, comme maîtresse et comme reine de ces royaumes et de moi.

Ces blessures mortelles qu'on vous a faites à cause de moi, elles n'ont point terminé une seule vie, elles en ont frappé deux.

La vôtre, qui ne fut point coupable, est déjà achevée, et la mienne, qui demeure encore, sera pour jamais remplie de l'angoisse des tristes souvenirs.

Oh! cruauté affreuse! injustice énorme! vit-on jamais dans les Espagnes une mort si cruelle et si triste?

On contera comme une merveille la sincérité de mon cœur. Puisque vous êtes morte de cette manière, je serai la tourterelle qui est veuve de sa compagne.

Soyez en repos, madame, puisque je vous reste en ce monde ; votre mort, si je vis, sera bien vengée ; c'est pour cela que je veux vivre ; si ce n'était pas ainsi, il me vaudrait mieux, madame, mourir tout de suite avec vous.

Qu'est-ce que j'ai? où me suis-je ensanglanté, madame? Je vous ai donné la mort et vous me l'avez donnée. Sang de mon cœur, cœur qui m'appartenait et que l'on a frappé, qu'est-ce qui a pu vous déchirer sans raison? A celui-là je lui arracherai le sien[1].

(1) Ces précieux fragments sont extraits du Cancioneiro de Resende, dont il n'existe plus que trois exemplaires en Europe, et dont un savant portugais, déjà cité dans cette notice, a bien voulu me confier une copie exacte. Le Cancioneiro de Resende, imprimé en 1515 et 1516 (lett. goth., vol. in-4°), est le répertoire le plus complet de la littérature portugaise du quatorzième et du quinzième siècle. Il offre des fragments tirés d'environ trois cent trente poètes, parmi lesquels on compte plusieurs grands seigneurs et quelques dames de la cour.

(1) N'ayant plus le Cancioneiro de Resende sous les yeux, je ne saurais affirmer que cette dernière *cantiga* fait partie du recueil. Le texte se trouve dans l'ouvrage géographique que le savant Adrien Balbi a publié sur le Portugal. En terminant cette notice, je dois ajouter qu'en 1825 la tragédie de Ferreira a été traduite par un Anglais, M. Musgrave, qui a publié son travail, dit-on, avec une notice sur l'auteur et sur Inez. J'ignore complètement quelles sont les sources où il a puisé ; car il ne m'a pas été possible de me procurer cette traduction.

INEZ DE CASTRO

TRAGÉDIE.

PERSONNAGES.

INEZ DE CASTRO.
La nourrice.
Choeur de jeunes filles de Coïmbre.
L'infant Don PEDRO.
Le secrétaire de l'infant.
ALPHONSE IV, roi de Portugal.
PERO COELHO.
DIOGO LOPES PACHECO.
Un messager.

ACTE PREMIER.

SCÈNE I.

INEZ DE CASTRO, la nourrice, le choeur.

INEZ.

Cueillez des fleurs, mes charmantes compagnes, tressez de fraîches couronnes de lis et de roses, pour en orner vos blondes chevelures; que leurs parfums suaves embaument l'air; que de doux concerts résonnent ici; vos voix enchanteresses doivent se mêler aux sons de la lyre pour célébrer ce jour brillant, le jour heureux de ma gloire.

LA NOURRICE.

Quelle nouvelle fête, quel nouveau chant demandes-tu?

INEZ.

O toi, ma nourrice, parce que tu m'as donné le sein, ma mère par l'amour, aide-moi à jouir de mon bonheur!

LA NOURRICE.

Je vois, hélas! deux choses bien différentes; tu parles de fête, et des larmes brillent dans tes yeux. Qui peut donc te faire éprouver ainsi en même temps la tristesse et la joie?

INEZ.

Celle que tu vois heureuse peut-elle encore se plaindre?

LA NOURRICE.

Quelquefois le destin mêle les regrets aux plaisirs!...

INEZ.

J'ai en l'ame satisfaction, plaisir, douceur...

LA NOURRICE.

Les larmes cependant indiquent la mauvaise fortune.

INEZ.

Ce sont aussi les preuves d'un destin plus heureux.

LA NOURRICE.

Elles sont naturelles à la douleur.

INEZ.

Elles sont douces au plaisir.

LA NOURRICE.

Quels plaisirs indiquent donc tes regards?

INEZ.

Je me vois assurée d'un bien que je craignais de perdre.

LA NOURRICE.

Quel nouvel événement est-ce donc, quel bien t'arrive et pourquoi me tiens-tu en suspens? Ah! ma maîtresse, ouvre-moi ton ame; dans les épanchements du cœur, le mal s'adoucit et le bien s'accroît.

INEZ.

O ma nourrice, un jour favorable s'est levé pour moi, jour de mon repos! Mais souffre un peu que je reprenne de plus haut mon histoire, car mon ame satisfaite se reporte au souvenir des craintes qu'elle ne peut plus avoir; elle unit au mal passé le bien dont elle jouit maintenant. Je te parlerai d'abord du saint et courageux Alphonse, élevé par la main puissante de Dieu, devant ses ennemis eux-mêmes, jusqu'à ce sceptre du Portugal que son bras sut teindre dans le sang des infidèles. C'est par légitime héritage que gouverne et commande le noble vieillard. La bataille du Salado lui a donné son nom et sa gloire; c'est le septième de nos rois, c'est le fils du grand Diniz et d'Isabel-la-Sainte, ces deux brillantes étoiles du ciel. Tu ne l'ignores pas; l'infant don Pédro, mon amour, mon espérance, mon honneur, attend de lui l'empire accru par ses aïeux. Que ce fût mon destin ou mon étoile, tu sais, ô ma nourrice! comme au sortir de tes bras, et dans la fleur brillante de mon âge, j'allumai d'un regard ce feu, qui brûle encore, ardent et pur, comme s'il était dans sa première vivacité. Pour moi, le prince avait en haine les dignités, et j'étais si grande à ses yeux que les plus grands noms s'effaçaient en son cœur. Un événement bien dur, mais un événement forcé, l'unit à Constance, à celle qui nous arriva au milieu de la fureur et des armes. Tristes augures sans doute de son destin, il donna sa main à Constance, mais l'ame elle resta libre; l'amour et la foi il me les garda. Oh! combien il eut préféré pouvoir me la donner, sa main! que de fois il eut le repentir de se voir captif! L'épouse nouvelle n'éteignit rien de son amour; la naissance si désirée d'un fils n'y put rien encore; plus vif avec le temps, le feu s'accrut en son désir. Que devait il faire? le cacher? mais alors il fût devenu bien plus dévorant; le révéler? ce n'était ni sa volonté, ni l'occasion de le faire. Et qui cependant eût gardé ce feu destructeur en son sein? qui peut cacher l'amour? n'y a-t-il pas des signes qui le découvrent en dépit de la volonté? Ses yeux et son visage en étaient enflammés, ses regards le devinaient dans mon regard. Ah! c'est que l'ame captive soupire et gémit quand elle se sent soumise ainsi; l'étreinte est douce, mais au fond on est asservi à un joug cruel, et on voudrait pouvoir le secouer; lui il ne le peut, il ne le veut pas. La fureur s'accroît en lui, le doux poison ronge ses entrailles; il fuit les hommes; le jour et la lumière, il les fuit, il marche seul, il parle seul, il est triste et il songe. Inez, son nom est sur ses lèvres; Inez, il l'a dans l'ame; Inez, elle est toujours devant lui. Objet de chagrin pour sa femme, j'excite à mon tour haine et colère, et Constance a des fureurs nouvelles qui lui dévorent le sein. Ils n'osent cependant ni rien découvrir, ni rien empêcher. Connue pour grande en toute l'Espagne, bien avant que ce royaume eut reçu le sceptre royal, l'antique maison de Castro leur impose, et mes veines conservent encore trop de sang royal... Eh bien! ils donnent encore plus d'énergie à la nature en y joignant la ruse et l'habileté; le roi me fait nommer son petit-fils [1]; un lien sacré m'unit à l'infant.

LA NOURRICE.

Oh! les aveugles! ce qu'ils veulent empêcher, ils l'excitent. L'amour s'accroît avec la contrainte, et ce qu'on veut rendre impossible à sa volonté, il le désire avec ardeur.

INEZ.

Enfin la fortune, qui m'appelait depuis long-temps à cette gloire immense, brise le nœud si contraire à mon amour. La mort enlève avant le temps l'infante, et je puis enfin accueillir librement un amour qui s'était livré tout entier à moi. Confirmé par les plus doux gages, il se repose et s'affermit en mon ame. Mais je l'avouerai; inquiète des clameurs du peuple et des graves supplications qu'on mettait en usage pour éloigner cet amour et le briser dans sa force, j'étais toujours craintive; je redoutais la fortune qui, tantôt amie, tantôt ennemie plus cruelle, élève et renverse. Je comprenais que le bien que nous accorde l'aveugle et l'inconstante nous promet un mal plus grand encore; je jouissais enfin comme à regret de cette tendresse. La passion enfantait la défiance. Oh! je le sentis alors; une conscience égarée craint toujours.

LA NOURRICE.

Mais, qui te rassura, qui donna le change à tes craintes?

INEZ.

Mes craintes elles-mêmes.

LA NOURRICE.

Tu dis des choses contraires.

INEZ.

Non. La terreur ose quelquefois davantage que le courage. Un jour je prends mes enfants; le visage pâle, les larmes dans les yeux, la langue presque muette, oppressée par les sanglots, je me présente à lui: — O mon Seigneur, j'entends la voix cruelle de ce peuple, je comprends la volonté du roi et le grave pouvoir qui s'arme contre la constance de mon amour. Celle à qui tu as livré ton ame ne craint pas, Seigneur, que tu rompes les liens d'une foi si ferme; mais elle redoute que le sort ne soit plus fort en ses fureurs que ton amour. Par ces larmes, par cette main que tu m'as donnée en signe d'alliance, par nos douces amours,

(1) Comme on l'a vu dans la notice, Inez de Castro devint la marraine de l'infant don Luiz, et, par conséquent, elle avait contracté avec l'infant un lien spirituel qu'on croyait suffisant pour empêcher le mariage.

par les doux fruits qui en sont nés et que tu vois ici devant toi ; si tu me dois un amour égal à celui que je te porte, si quelquefois j'ai eu à tes yeux quelques charmes, mets-moi en sûreté contre les ordres redoutables de ton père, contre les voix importunes qui pourraient peut-être ébranler ton cœur. Si mon étoile, si mon génie cruel, pouvait jamais m'arracher de ton ame, ah! que ton bras se baigne dans mon sang et m'arrache la vie avant que je voie un si triste jour, un si cruel changement! Je regarderai la mort comme une chose douce, et ta cruauté me sera une pieuse action d'amour.

LA NOURRICE.

Tu émeus mon ame, les larmes me viennent aux yeux.

INEZ.

Je parle ainsi, et il me presse étroitement sur son sein, entièrement changé à mon égard. — C'est en vain toutefois qu'il veut arrêter l'angoisse de mon deuil et mes pleurs. — O dona Inez! me dit-il, et ton cœur peut concevoir de semblables pensées? Le premier jour où je te vis ne prouva-t-il pas que mon ame se devait à la tienne? C'est pour toi que la vie m'est douce, c'est pour toi que j'espère accroître cet empire. Sans toi le monde me semblerait un pénible désert; les hommes, la fortune, les destins réunis, rien ne peut me séparer de toi, ni par la force, ni par la ruse. Je livre mon ame entre tes mains, je te nomme infante, maîtresse de mon amour et de cet État puissant qui m'attend, et dont ton nom pourra adoucir le joug. J'invoque et j'appelle ici le grand moteur du ciel et de la terre. Puisse-t-il approuver ce saint engagement et m'aider à l'accomplir!

LA NOURRICE.

Je comprends ton bonheur et tes larmes, je pleure aussi de plaisir; la satisfaction nous est habituellement si étrangère qu'elle se montre encore sous les apparences de la douleur.

INEZ.

Je ne craindrai plus le sort; je vivrai heureuse et tranquille.

LA NOURRICE.

Ah! sans doute! d'un cœur royal on ne doit pas attendre une inconstance légère. Ajoute à ce que fait ton étoile par un sage jugement; souvent nos propres fautes s'opposent à la marche de notre destin; la prudence, au contraire, et les sages conseils savent fixer le bien que détruirait l'orgueil et qu'il pourrait changer en un mal immense.

INEZ.

O ma chère nourrice! dirige mon cœur; un bonheur subit nous trompe et nous égare.

LA NOURRICE.

Cache ton secret.

INEZ.

Je le conserve en mon ame.

LA NOURRICE.

Que Dieu l'y conserve!

INEZ.

C'est ce que, dans mon humilité, je demande au ciel.

SCÈNE II.

L'INFANT, LE CHOEUR.

L'INFANT *seul.*

Seigneur tout-puissant, Père suprême du monde, toi dont le ciel, la terre, les éléments chantent le pouvoir et les grandeurs infinies, toi dont un signe fait trembler la terre et à la volonté duquel rien n'est impossible, fortifie mon cœur, arme-moi d'une patience égale à l'affront que j'ai reçu, apaise les murmures de ce peuple et la fureur de mon père, qui travaille vainement à arracher mon ame des liens où elle veut vivre! Je suis homme, Seigneur! et de grandes tentations peuvent vaincre les fortes ames. Mon sang bout, mon cœur brûle, ma colère s'accroît contre ceux qui me persécutent: Ah! calme-moi. Je ne pourrai souffrir, non, je ne la pourrai endurer, cette haine cruelle et opiniâtre qu'ils montrent à mon amie. La douleur vainc la raison, l'amour vainc la force; toi, Dieu suprême, conserve ma foi promise à celle en qui depuis long-temps tu m'ordonnas de la remettre. Tout procède de toi; sans toi rien ne se meut sur la terre! et qui pourrait sonder tes fins et tes secrets? Combien de fois ce qui est un mal ne nous paraît-il pas un bien? combien de fois n'est-ce pas la source d'un bonheur immense? O grand Alphonse, célébré sous le nom de duc de Bolonha [1], toi qui ajoutas de nouveaux emblèmes à ceux qu'on voyait déjà sur l'étendard de Portugal, combien de temps ne souffris-tu pas quand tu fis violence à ton mariage, contre les lois divines et humaines; qui ne déplorait pas tant de cruauté envers un premier amour et qui se taisait sur la dure ténacité du second? Mais tu voulais donner au monde le

(1) Alphonse III portait le titre de duc de Bologne. Ferreira fait allusion à la position cruelle dans laquelle se trouva ce roi lorsque des avantages politiques le contraignirent à répudier l'infortunée Mathilde de Dammartin, pour épouser Beatrix de Guzman, fille naturelle d'Alphonse-le-Sage ou le Savant. Il mourut le 16 février 1279. On sait que les armoiries de Portugal se composaient de cinq signes emblématiques rappelant les plaies de J.-C. (quinas); il en augmenta le nombre.

grand, le saint et le fort; ce Diniz, qui fut seul la paix et la concorde entre les rois, qui donna et retira des royaumes, qui fut illustre par les armes comme par les lettres. Et moi, héritier de son sang et de ses États, pourquoi n'espérerais-je pas quelques grandeurs de mon amour si mal jugé? Je veille sur toi... je veille sur toi, Inez; vis heureuse, vis tranquille, bannis la crainte. Sans toi je préfère la mort à la vie.

LE CHOEUR.

Une faute ne s'excuse point par une faute plus grande encore. Ah! qu'un mauvais exemple est funeste au monde. Mais la raison ne peut être aveugle à ce point qu'on approuve en soi ce qu'on blâme chez les autres. Hélas! chacun se laisse aller à ses passions.

SCÈNE III.

LE SECRÉTAIRE, L'INFANT, LE CHOEUR.

LE SECRÉTAIRE.

Celui qui pourra joindre le feu à l'eau, celui qui pourra mêler la lumière aux ténèbres de la nuit, celui qui unira le péché hideux à la vertu, celui-là parviendra aussi à rendre la raison compagne de l'amour et à transformer la louange menteuse en loyauté; l'amour ne souffre pas l'une, la vertu rejette l'autre. J'arrive en ce moment, armé de loyauté et de raison; mais je ne sais si je pourrai vaincre avec elles. Ah! si quelque esprit favorable voulait en ce moment m'aider du haut du ciel, et que j'achevasse ici ma carrière, quelle fin plus glorieuse y aurait-il, que de laisser cette terre de bassesse pour les cieux, avant d'abandonner l'honneur et la vérité? C'est lui que j'aperçois pensif. Dieu veuille m'inspirer, afin que je lui parle avec courage. Il faut une grande confiance en soi-même et un esprit bien libre pour résister aux mauvais desseins dans lesquels un prince veut persister; mais les laisser s'accomplir, c'est une faiblesse plus basse encore.

L'INFANT.

Que diras-tu, secrétaire, de la violence qu'ils veulent faire à mon ame?

LE SECRÉTAIRE.

Seigneur, dis plutôt qu'on veut l'arracher des liens qu'elle chérit et où elle est captive.

L'INFANT.

Que me veulent-ils? Qu'ils m'arrachent les entrailles! Que prétendent ces hommes pour me faire mourir ainsi?

LE SECRÉTAIRE.

C'est toi uniquement qu'ils demandent; ils ne cherchent que ton honneur, ils tâchent de briser les ailes de la fortune, afin qu'elle n'ait plus de force contre toi.

L'INFANT.

Ah! dis plutôt qu'ils lui en donnent autant qu'il est en leur pouvoir, en cherchant à me séparer de celle qui fait mon existence.

LE SECRÉTAIRE.

Si tu ouvrais les yeux, Seigneur, tu te verrais mort, tu te verrais aveugle; tant qu'un homme ne vit pas par ses propres sentiments on ne saurait dire qu'il existe.

L'INFANT.

Tu me persécutes aussi? Viens-tu couper en sa racine un amour qui s'est si profondément affermi dans mon ame?

LE SECRÉTAIRE.

C'est une œuvre de piété aux yeux du prisonnier, quand on lui ouvre les portes de sa prison et qu'on le débarrasse de ses chaînes. Oh! illustre Infant, toi que je regarde comme mon maître, il y a long-temps que tu me connais; tu m'as toujours confié tes secrets et tu l'as fait avec juste raison. Jamais je ne t'ai découvert les railleries dont tu étais l'objet, jamais je ne te répéterai les moindres d'entre elles. Je suis, il est vrai, ton secrétaire, mais je dois être aussi ton conseiller, et j'accomplirai mon devoir envers toi. Vienne donc ta colère; je ne vois pas de mort préférable à celle qui doit délivrer ma vie de la honte et mon ame du péril. Ne vois-tu pas, Seigneur, que si le soleil s'obscurcissait, tous les objets qu'il nous cache et nous découvre tour à tour deviendraient aussi tristes et aussi obscurs qu'ils brillent maintenant? Eh bien! tel est un bon prince; c'est le soleil à la lueur duquel nous voyons et nous suivons la justice qui nous conduit vers les cieux. Si cette clarté vient à se perdre en toi, où la retrouverons-nous? Qui voudra suivre la vertu ou l'honneur? Peut-il te paraître digne de toi de te laisser entraîner d'un principe élevé à des pensées qu'on réprouverait chez un homme de néant? Ne te souvient-il pas de ce que tu dois à la condition suprême qui t'attend?

L'INFANT.

Qui te fait si libre et si osé?

LE SECRÉTAIRE.

Amour et loyauté, voilà ce qui me donne cette hardiesse, — et je la prends aussi dans la raison, qui a telle force qu'on ne peut la renier en ne la suivant pas. Je le vois, tu sens en ton esprit généreux une sorte de respect pour celui qui te découvre, quoique ce soit avec répugnance, la sainte vérité. Tu ne veux pas m'entendre, mais tu sais me juger. Le zèle probe et la foi pure t'émeuvent ; laisse-toi reprendre par celui qui t'aime véritablement, qui t'enseigne ou te voudrait instruire. Evite les embûches de celui qui craint, espère ou désire, aux dépens de ton honneur, aux dépens de la gloire des tiens. Ah ! c'est là l'écueil. Quelqu'un louera-t-il jamais celui qui, pouvant donner un autre lustre à l'antique gloire de ses ancêtres par plus grand honneur et plus haute renommée, non-seulement ne le fait pas, mais obscurcit tout l'éclat de cette lumière antique?

L'INFANT.

Ah! celui-là, non-seulement il ne mériterait pas de vivre, mais il n'aurait point dû naître; nous voyons l'aigle rejeter ceux de ses petits qui ne regardent point le soleil !...

LE SECRÉTAIRE.

Et que diras-tu donc, quel jugement porteras-tu de celui qui, au lieu de s'armer vigilamment contre la fortune, court toujours au-devant de ce qui peut la rendre contraire à sa vie et à sa situation?

L'INFANT.

Qui ne craint point la fortune et ne cherche point à s'armer contre elle pourrait-il l'avoir pour ennemie? Ah! ce sont ceux-là qui se livrent à elle qu'elle persécute.

LE SECRÉTAIRE.

Tu t'es jugé toi-même.

L'INFANT.

En quoi et comment?

LE SECRÉTAIRE.

Ce sang illustre, ce nom héroïque, si haut placé, si honoré par l'univers, si connu des plus grands rois, qui ont avec toi une même origine, tant de gloire ne sera-t-elle point obscurcie lorsque tu seras uni à une race née pour souffrir dans l'humilité ton joug royal et pour obéir au pouvoir souverain ou à ses moindres signes? Et ne vois-tu pas ensuite dans quel mépris tu seras auprès des tiens, l'immense péril où tu mets ce royaume, grace à l'orgueil de quelques individus que tu as élevés si haut qu'ils se croient déjà tout permis à l'ombre de ta faveur et qu'ils montrent du mépris pour qui ils devraient avoir de l'amour? Qu'est-ce qui peut en effet renverser plus vite un roi et son royaume? Quel sujet excite davantage la haine et le mépris que de le voir s'assujétir à des choses viles et que de le sentir gouverné par ses vices? De quel front, Seigneur, châtieras-tu ceux qui commettront ce que nous te voyons faire? Comment feras-tu observer la sainte obéissance due aux chefs de famille quand tu refuses aux tiens ce qu'ils te demandent avec justice? Tu laisseras la mémoire des plus affreux exemples à tes fils; tu donneras aux rois qui pèseront ta conduite et au monde qui la connaîtra une juste cause pour flétrir à jamais ton nom. Vois combien de maux naissent tout à coup d'un mal. Ces maux, ils tombent tous sur toi. Maintenant, Seigneur, considère-toi, connais-toi mieux, rentre en toi-même ; tu verras pourquoi l'on t'importune, tu comprendras ce que te demande le roi, ce que te demande le peuple.

LE CHOEUR.

Conseiller fidèle, tu es fort et courageux ; tu as blessé avec la raison cette ame ; c'est en vain qu'il ferme les yeux.

L'INFANT.

Je ne suis, je ne fus jamais tel que tu me juges ou tel que vous me jugez tous. Les yeux avec lesquels je me vois sont différents des vôtres. Je sais ce que je fais et le mal n'est pas si grand que vous le voyez ; je ne commets aucune erreur; je suis le chemin que m'indique et me révèle l'esprit auquel je crois. Dieu a pour les princes des secrets que vous ne pouvez point pénétrer, et c'est en aveugles que vous errez dans le jugement que vous portez sur ses mystères... Regardez cette femme, voyez ce qu'il y a en elle. La nature nous a formés du même sang ; elle est de race royale, elle descend des rois et elle est digne d'un roi. Je voudrais être le souverain de l'univers, que dis-je? le monarque des mondes, pour les mettre aux pieds de celle que j'aime. La couronne me paraît encore chose bien vile pour sa tête adorée. Rappelle-toi donc ce que j'ordonne; jamais tu ne dois me parler sur un tel sujet. Ah! que mes inflexibles parents cessent de me fatiguer. Non, je ne leur puis obéir et je ne me sens pas coupable en agissant ainsi. Qu'ils arrachent de mon cœur la volonté, qu'ils m'arrachent l'ame et ils achèveront ce qu'ils ont commencé. Qu'on ne pense pas que je pourrai m'éloigner d'un lieu où je vis tout entier ; avant que cela arrive, la terre montera où les cieux se déploient, la mer embrasera le monde, le soleil s'obscurcira et la lune donnera la clarté du jour. Oui, l'ordre entier du monde sera interverti, Inez, avant que je t'abandonne ou que j'en conçoive seulement la pensée. Je t'ai donné l'ame et la foi, je te les conserverai. *(à son secrétaire.)* Je me confie à toi, mais ne va pas me découvrir.

LE SECRÉTAIRE.

Oh ! Seigneur, ces paroles me tuent. Plût à Dieu que je n'eusse jamais mérité un si grand honneur, puisque je cours le péril d'y rencontrer la honte! Suivre ta volonté, c'est te détruire, c'est renverser ce royaume et faire mourir ton malheureux père; mais vouloir le séparer d'elle, c'est impossible.

L'INFANT.

Suis ma raison, obéis à ma volonté.

LE SECRÉTAIRE.

Oh! la raison je ne la vois pas, mais ta volonté je la comprends.

L'INFANT.

Suis-la donc, puisque tu ne peux point la faire ployer.

LE SECRÉTAIRE.

Ordonne-moi de faire ce que je dois pour ton service; cette volonté je ne lui obéirai jamais.

L'INFANT.

Tu veux gouverner ton prince?

LE SECRÉTAIRE.

Je le sers.

L'INFANT.

Fais ce que je commande.

LE SECRÉTAIRE.

Ordonne ce qui est juste.

L'INFANT.

Dieu seul est mon juge.

LE SECRÉTAIRE.

La raison est plus forte que toi.

L'INFANT.

Un prince doit être libre.

LE SECRÉTAIRE.

Il est esclave quand il se laisse vaincre par lui-même.

L'INFANT.

Vas-tu me fatiguer encore?

LE SECRÉTAIRE.

Si je ne te donnais pas mes conseils, tes erreurs deviendraient les miennes.

L'INFANT.

Je te délivrerai de ce soin.

LE SECRÉTAIRE.

Je ne crains que Dieu; tu as pouvoir sur les personnes, lui sur l'ame. Je puis te conseiller; te contraindre, jamais. Dieu m'en est témoin, et tu l'es aussi; ce doux poison de l'ame, de l'honneur et de la vie, l'amour seul règne en toi, l'amour seul te commande. Et cependant, comment ne t'émeuvent point les pleurs continuels de la reine ta mère, les prières du roi? comment restes-tu insensible aux conseils pleins de loyauté qu'on met à tes pieds, en te criant merci pour ce royaume menacé par le destin? Ne te décideras-tu pas enfin pour ton honneur? ne donneras-tu pas une preuve de grandeur à ce monde qui te flétrit du nom de pécheur opiniâtre? Je pleure de voir ainsi une faible créature plus forte contre toi que les avertissements qui te viennent de Dieu et du monde.

L'INFANT.

O forte persécution! ô haine étrange! cruel destin conjuré avec le ciel et les astres pour me perdre, que me voulez-vous? Que trouvez-vous de si blâmable en moi, hommes au cœur damné, à rendre amour pour amour. Oh! cet amour, il lui est si bien dû, à elle qui mériterait l'empire du monde, et pour laquelle le monde serait encore si peu! Hommes qui voulez mon malheur et ma mort, considérez bien ce que je vois. Quel empire, fut-il le plus grand de l'univers, ne serait pas honoré par sa présence royale? et cependant vous abhorrez celle à qui il faudrait des mondes, des grandeurs, des triomphes. Quelle tache pouvez-vous donc trouver en cette ame si belle, si chaste, si sainte et si pure? Quelles vertus, quelles graces, des plus rares et des plus excellentes, ne trouverez-vous pas plutôt en elle? Ah! peut-il y avoir une haine à la fois plus cruelle et plus injuste; l'envie peut-elle être plus odieuse et moins méritée?

LE CHOEUR.

Oh! qu'il y a de péril à laisser pénétrer en nous le principe du mal, si un seul moment d'abandon a pu jeter en un tel abattement un esprit si élevé!

L'INFANT.

Où fuirai-je, afin qu'ils me laissent?

LE SECRÉTAIRE.

C'est toi-même qu'il faut fuir pour ton propre avantage.

L'INFANT.

Et à quoi me servira-t-il de comprendre que je n'en ai plus le pouvoir?

LE SECRÉTAIRE.

C'est toi-même qui t'es jeté en telles faiblesses.

L'INFANT.

Je ne veux ni ne désire me repentir.

LE SECRÉTAIRE.

Tu augmentes ton erreur par ta propre volonté.

L'INFANT.

Si, comme tu le dis, c'est une erreur, n'as-tu pas entendu parler de fautes semblables?

LE SECRÉTAIRE.

Il y en a eu sans doute; mais c'étaient toujours des erreurs.

L'INFANT.

D'autres rois et d'autres empereurs m'excusent.

LE SECRÉTAIRE.

Comment le feraient-ils? Telle chose n'est pas en leur pouvoir.

L'INFANT.

Ne me persécute pas davantage.

LE SECRÉTAIRE.

C'est le mal qui persécute.

L'INFANT.

Un prince doit-il être tellement esclave du royaume qu'il ne fasse que ce que font ses sujets ?

LE SECRÉTAIRE.

Un prince, dis-le plutôt, doit avoir l'esprit élevé tellement au-dessus de la terre que la pensée du peuple doit être forcée de monter vers lui pour le suivre. Son esprit doit être pur; ce doit être un or brillant et sans alliage, un exemple éclatant de force, de douceur et de patience.

L'INFANT.

Va-t-en loin de moi ! fuis ma colère!

LE SECRÉTAIRE.

Ah! qui gouvernera une volonté qui n'a point d'autre maître qu'elle-même!

LE PREMIER CHOEUR.

Quand l'Amour naquit, le monde eut sentiment de la vie; le soleil lança ses rayons éclatants, les étoiles leur lumière, le ciel resplendit, et, vaincue par la lumière, l'obscurité montra les choses en leur beauté. Celle qui est montée à la troisième sphère et naquit de la mer écumeuse donne l'amour au monde et gouverne le doux amour.

La terre s'orne pour ce dieu des eaux et de la verdure, les arbres se parent de feuilles, les fleurs se colorent. Il change la guerre en douce paix, la dureté en aménité, et toutes les haines en tendresses; les existences que la mort éteint, il les renouvelle; la belle peinture du monde est toujours entière et nouvelle dans l'amour.

Personne ne craint ses feux et ses flammes terribles; l'Amour est tout, l'Amour est suave et caressant; il ne peut être fléchi que par des prières caressantes, et il essuie avec tendresse les larmes amoureuses. Des flèches dorées et charmantes résonnent dans son carquois; elles sont dangereuses à la vue, mais elles s'échappent de l'Amour et portent partout l'amour.

Que l'amour résonne en de doux chants et sur des lyres harmonieuses, que cet air serein répète en doux échos son nom, que les chagrins et les gémissements s'enfuient, que le joyeux plaisir rende le fleuve limpide et la vallée agréable, que la lyre d'amour retentisse dans le troisième ciel et que de là, Inez, le dieu resplendissant qui inspire l'amour te couronne.

LE DEUXIÈME CHOEUR.

Ah ! dites plutôt que c'est un tyran aveugle, un mensonge des poètes, un désir cruel et trompeur, un dieu des hommes inutiles, né seulement de l'indolence et capable de détruire la plus glorieuse renommée. Dites que c'est un dieu lançant au hasard ses flèches et sa flamme. Par lui Apollon et Mars sont embrasés.

Il vole dans les airs, de là il brûle la terre entière, et le trait qui sort de son carquois retentissant, plus il erre, plus il devient terrible.

Il met sa gloire à unir des états différents ; il sépare ceux qui se conviennent davantage par la tendresse et par l'égalité; jamais il n'est rassasié de sang et de larmes.

Il entre avec une force insinuante et cependant terrible dans le chaste cœur de la jeune fille timide qui attend que ses graces se développent avec le temps. Le feu déjà éteint renaît de nouveau de la cendre; dans le sang refroidi et dans la neige glacée il se rallume encore. Le rayon part des yeux pour pénétrer jusqu'au fond de l'ame.

De là son poison court de veine en veine. L'ame en dormant s'abandonne à son erreur et forme de douces illusions. La chaste timidité s'enfuit ainsi que la constance courageuse. La tristesse et la mort accompagnent la mollesse qui tue la raison et endurcit le cœur.

Qui enlève au grand Alcide sa pesante massue et veut que celui qui dompte des lions devienne une femme demeurant aux pieds d'une femme? Qui oblige ce héros à changer les dépouilles fameuses d'une chasse effrayante en des vêtements gracieux de reine? Qui place dans ses mains endurcies un fuseau élégant?

Combien de peintures ne nous fait-on pas de la honte de Jupiter, se transformant sous tant de figures différentes et abandonnant les cieux qu'il méprise? Ce sont de puissantes douceurs que celles qui convertissent ainsi les ames et qui renversent en un seul matin un esprit élevé qui se perd dans une vile faiblesse !

De quel autre feu se consumait la gloire des Troyens? Quelle triste histoire laisse au monde l'Espagne pieuse et courageuse? L'Amour aveugle était vainqueur ! l'Amour cruel faisait tout périr ! Un seul jeune homme triomphera, dira-t-on, de tant de sang, de tant de vies inutilement perdues pour un vain désir.

Heureux! ô bien heureux qui a pu armer son cœur contre le rayon pénétrant, ou qui, en sentant les flammes qu'il allume, les a éteintes aussitôt. Un bien petit nombre d'hommes chéris de Dieu obtiendront une telle faveur, et mille autres pleureront la vaine satisfaction qui doit amener le repentir de l'aveugle infant.

ACTE DEUXIÈME.

SCÈNE I.

LE ROI DON ALPHONSE IV, PERO COELHO, DIOGO LOPEZ PACHECO, CONSEILLERS.

LE ROI.

O sceptre envié par ceux qui ne te connaissent pas ! tu es bien attrayant ; mais celui qui pourrait savoir combien tu diffères de ce que tu promets d'être, et qui te trouverait à terre, te foulerait plutôt aux pieds que de te ramasser. Je ne loue pas ceux qu'on loue dans les empires, et qui, voulant étendre le leur, le détruisent par le fer, par le sang et par le feu, mais bien ceux qui, en ayant un considérable, l'abandonnent, grace à un esprit libre et à une grandeur d'ame trop surprenante pour la rencontrer. Il y a plus de courage et plus de noblesse à mépriser les dignités qu'à les accepter, et il est plus sûr de se diriger soi-même que de gouverner le monde. L'éclat de cet or nous trompe ; après tout, ce n'est que de la terre et une terre plus pesante ! Nous sommes toujours au sommet d'une haute forteresse, postés pour observer la fortune et nous offrir à ses coups. Il nous faut servir de bouclier au peuple ; ne pas le faire, c'est mal user du sceptre ; le faire, c'est mettre sa vie à la merci de tous les dangers.

UN CONSEILLER.

Ces périls et ces travaux sont glorieux et profitables, puisqu'ils t'élèvent de la couronne de la terre à la couronne plus riche et plus glorieuse que te donneront les cieux !...

PACHECO.

La possession du trône ne compense pas les travaux des rois, des bons rois, qui ne tiennent pas à leurs vices, mais qui sentent l'obligation de se montrer plus libres et plus forts que le bas peuple qui marche au-dessous d'eux. Un roi tel que toi, Seigneur, est roi. Qu'il ne te pèse pas de l'être ; il viendra un temps où ces travaux, endurés avec patience et sagement dirigés, feront plus d'envie que tes victoires trop fameuses, puisqu'elles n'ont été gagnées qu'à force d'hommes et de richesses. Ce qui rend les rois grands et toujours dignes d'une gloire immortelle, c'est de savoir endurer ces travaux et d'oser rompre les liens du sang et ceux de leur propre amour ; c'est de se rendre un exemple de tout bien pour le peuple, c'est de savoir promptement retrancher le mal dès son origine et avant qu'il empire ; car ensuite ni la force ni les conseils ne peuvent plus rien. En extirpant ce mal qui t'a tant tourmenté, tu seras libre ; tu pourras te rire de la fortune et des craintes qu'elle inspire.

LE ROI.

Le mal triomphe du remède. Je vois l'infant tout-à-fait opposé à moi, dur à mes prières, plus dur à mes ordres. Quelle a été cette étoile si fatale ? quels ont été ces signes funestes, cette influence du destin, cet astre contraire ?

PACHECO.

Tant que l'occasion est présente le péché persiste ; en la faisant évanouir la liberté se retrouve.

LE ROI.

C'est une chose terrible que cette volonté soit devenue aussi opiniâtre !

PACHECO.

Que la tienne prenne de l'énergie ; la raison est pour toi.

LE ROI.

Dur remède !... Combien seraient préférables l'amour et l'obéissance. Comme mes péchés se sont apesantis sur moi !

PACHECO.

Seigneur, il faut finir. Que cette dame meure !

LE ROI.

Qu'elle meure ?

PACHECO.

Qu'elle meure, Seigneur, pour sauver le peuple.

LE ROI.

N'est-ce point une cruauté que de tuer qui n'a point commis de faute ?

UN CONSEILLER.

Tu peux ordonner de faire périr beaucoup de gens sans crime, mais il faut qu'il y ait une cause. Sous quelles couleurs, pour quelle cause ferons-nous périr celle-ci ?

PACHECO.

Ne suffit-il pas que par sa mort on évite les maux que sa vie nous promet ?

LE ROI.

Quels torts a-t-elle ?

PACHECO.

Des torts !... elle en est l'occasion.

LE ROI.

Ah ! qu'elle ne le soit plus. L'infant l'épousera. Quelle loi ou quelle justice y a-t-il qui la condamne ?

UN CONSEILLER.

Le bien commun, Seigneur, donne telles latitudes qu'il justifie même les actions douteuses.

LE ROI.

Ainsi donc, que décidez-vous?

LES CONSEILLERS.

Qu'elle meure!

PACHECO.

Qu'elle meure!

LE ROI.

Une innocente?

PACHECO.

Qui cause nos maux.

LE ROI.

N'y aurait-il point un autre moyen?

PACHECO.

Nous ne le connaissons pas.

LE ROI.

Je la ferai mettre dans un monastère.

UN CONSEILLER.

Il sera brûlé.

LE ROI.

Je la renverrai de ce royaume.

UN CONSEILLER.

L'amour vole. Ce feu, Seigneur, ne meurt pas sur-le-champ; plus on lui résiste, plus il s'allume. Quel lieu trouveras-tu assez fort contre les attaques de l'amour?

LE ROI.

La faire périr est un moyen cruel et rigoureux.

PACHECO.

Ne sais-tu pas, n'entends-tu pas dire que bien souvent il meurt une foule de gens qui ne l'ont pas mérité. Dieu le veut pour le bien qui en résulte.

LE ROI.

Que Dieu agisse ainsi; sa volonté est une loi, mais la mienne n'en est pas une.

PACHECO.

Les rois, qui le représentent, ont ce droit comme lui.

LE ROI.

Ah! dis plutôt que s'ils ont reçu un pouvoir, c'est celui de faire ce que demande la raison et la justice; un privilége plus étendu est une abominable cruauté, digne des infidèles.

PACHECO.

Eh! que diras-tu donc de ceux qui n'ont point pardonné à leur tendresse et à leurs propres enfants, pour l'exemple de tous et le bien du peuple?

LE ROI.

Je porte envie à ceux qui ont fait le bien; les autres je ne les loue ni ne les veux imiter.

UN CONSEILLER.

Quand bien même tu aurais entendu parler d'excès, ils ont empêché plus de maux qu'ils n'en ont causés.

LE ROI.

On ne doit point faire le mal, quel que soit le bien qui doive en résulter.

PACHECO.

Ce que la cause justifie n'est pas un mal.

LE ROI.

Oh! dites que Dieu veut qu'on pardonne même à un méchant, plutôt que de faire pâtir l'innocence.

UN CONSEILLER.

Dieu veut que le bien général soit préféré au bien particulier; toutes les actions ont un résultat heureux ou malheureux selon les circonstances.

LE ROI.

Bien souvent on se trompe dans les jugements.

UN CONSEILLER.

Dieu inspire ceux des rois et ils sont justement fondés.

LE ROI.

Je crains de laisser après moi le nom d'injuste.

UN CONSEILLER.

Ce sera celui de juste que tu laisseras, puisque tu prends les conseils d'hommes loyaux et prudents.

PACHECO.

Vois, roi puissant, vois de tes propres yeux quel ravage fait le poison cruel sorti de cet amour aveugle. Vois combien l'orgueil et le mépris de ces hommes pour toi et pour tous va croissant. Si pendant ta vie nous craignons, que ferons-nous après ta mort? pour rendre au corps la santé, on coupe le membre qui se gangrène, et cela dans la partie saine, afin qu'il ne corrompe pas ce qui est sain. Ce corps, dont tu es la tête, est mis en péril par une femme; prive-la de la vie, éloigne ce poison pour tout sauver. Seigneur, tu es le médecin de la chose publique; le pouvoir qu'un médecin peut avoir sur un corps, tu l'as sur nous tous; use de ce droit. S'il te semble qu'il y ait en cela quelque barbarie, nous te répéterons que quand une détermination semblable ne sort pas d'une ame sanguinaire, ce n'est point une cruauté, mais une justice; ton intention ne pèche pas, elle se sauve par elle-même. La pureté de cette action, c'est le remède qui doit empêcher la mort. N'en doute pas; dorénavant beaucoup de gens le comprendront et sauront t'en louer. La clémence est certainement une grande vertu plus digne des rois que toutes les autres, à cause de l'immense péril qu'il y a dans la colère de celui qui accomplit si librement ce qu'il veut; mais pour que cette qualité ne tombe pas en mépris, il faut lui unir la rigueur. C'est ce que l'on a appelé la sévérité, et ce dont les Romains nous ont laissé tant d'exemples en paix et en guerre. Ces deux colonnes sont si fortes que bien heureux est ton royaume d'avoir été fondé sur elles par toi seul. De la clémence et de la rigueur, tu dois en user, Seigneur, de telle sorte que l'une n'aille jamais sans être accompagnée de l'autre. Tu as donné des exemples de clémence; montre maintenant que la sévérité peut devenir un bien.

LE ROI.

La part qui m'écheoit dans cette action, je la reporte entièrement sur vous, car vous êtes mes conseillers. Sans haine et sans crainte vous devez me dire ce que réclame la justice, le plus grand service de Dieu et le bien du peuple. Soyez donc mes yeux, car je ne vois pas; soyez mes oreilles, car je n'entends point. Mon intention m'allége et me sauve; l'erreur devient la vôtre et retombe sur vous.

PACHECO.

Oui, décharge-toi sur nous de ton fardeau.

UN CONSEILLER.

J'en prends ma part, ou mieux encore je le prends tout entier; nous avons une ame et un honneur, ils se doivent tous deux à toi et nous te les donnons; eux seuls te conseillent. Tu vois combien notre péril est grand et ce que nous faisons; nous aventurons notre vie et nos biens. Désormais ils seront en butte à la haine de ton fils; nous sommes sous ses pieds et sa colère ne verra que nous. Mais que nous perdions la vie, que nous souffrions une mort cruelle, que nos enfants soient orphelins et déshérités, que la fureur de ton fils nous poursuive, avant qu'une telle cruauté l'emporte à nos yeux sur ce que la vertu ordonne et sur ce que nous nous devons.

LE ROI.

Allez tout disposer; je trouve en vous mon salut. Seigneur, qui es dans les cieux, toi qui vois ce que pensent et ce que décident intérieurement les ames, éclaire la mienne; qu'elle ne s'aveugle pas dans le péril où elle se trouve. Je ne sais quelle route suivre; je suis maintenant entre la crainte et le conseil. Faire périr injustement quelqu'un c'est grande cruauté, porter remède au mal public c'est une œuvre pieuse. D'un côté donc j'appréhende, mais de l'autre il me faut oser. O mon fils! toi qui veux me faire mourir, douleur de ma vieillesse fatiguée, change ton opiniâtreté en une sage détermination! Ne donne point occasion à ce que je sois mal jugé sur cette terre et condamné par le grand juge qui est au ciel. Oh! qu'elle est heureuse la vie du pauvre laboureur, vivant seul dans son champ, tranquille et sûr de la fortune, n'ayant jamais à redouter les désastres qui règnent ici!... Personne n'est moins roi que celui qui possède un royaume. Ce royaume ne devrait pas s'appeler un Etat; c'est une vraie captivité désirée du grand nombre et mal connue de tous, une agitation pompeuse, un grand travail caché sous le nom de repos. Celui-là seulement est roi qui, bien que son nom ne s'entende jamais prononcer ici, passe ses jours, libre de craintes, de désirs et d'espérance. O jours heureux contre lesquels j'échangerais toutes mes années laborieuses! Je crains les hommes; avec les uns je dissimule, je ne puis ou je n'ose châtier les autres. Oh! un roi n'ose pas toujours; il a aussi sa crainte, c'est celle de son peuple; il souffre, il soupire, il gémit, il dissimule. Non, je ne suis pas roi, mais je suis esclave et aussi esclave que celui qui n'a jamais une volonté libre; je me sauve par les avis de ceux qui, je crois, me servent en loyaux conseillers. Que cela, Seigneur, me fasse trouver grace devant toi, ou montre-moi promptement un remède plus sûr pour vivre conformément à l'état élevé que tu m'as donné. Ah! délivre-moi du moins, quelque temps avant que je meure, de telles obligations; que je puisse me connaître et m'envoler vers toi avec des ailes plus légères que celles qui appartiennent à une ame chargée d'un tel poids.

LE CHOEUR.

Combien est plus libre, combien est plus sûr cet état de la vie qui, trouvant en soi le contentement, n'élève sa volonté que vers un état de fortune qui s'oppose à la misère

La triste pauvreté, personne ne la désire; les richesses aveugles, que personne ne les recherche; dans un honnête milieu se trouve la félicité de la terre.

Rois puissants, princes, monarques, posez vos pieds sur nous, écrasez-nous; la fortune est toujours au-dessus de vous et nous ne redoutons pas ses effets.

C'est dans les édifices élevés que les vents mugissent avec le plus de fureur; les arbres les plus grands sont renversés, les voiles les plus gonflées se déchirent à la mer, les tours les plus hautes tombent.

Les pompes, les vents, les vains titres ne donnent ni le repos ni un plus doux sommeil. Ils fatiguent plutôt, ils procurent plutôt la crainte et le danger.

Si je pouvais former mon destin selon ma volonté, je ne souhaiterais que d'assurer ma vie par un agréable nécessaire.

Celui qui désire, désire chaque jour davantage. Il se trouve bien souvent triste et trompé, il dort rarement, craignant sans cesse le feu, les vents, l'air, l'obscurité, craignant les hommes.

Roi puissant, pourquoi désires-tu de ne jamais avoir possédé le royaume? Cette couronne, pourquoi l'appelles-tu pesante? c'est à cause du poids dont ton ame est chargée.

Oh! qu'il est rare de voir tarder la suprême justice, qui n'était point encore descendue sur ces fils audacieux, qu'on voit, au mépris de la loi naturelle, refuser l'obéissance à ceux qui les ont engendrés.

C'est un péché honteux et abominable devant Dieu, devant les hommes, plus digne des tigres d'Hyrcanie, plus dignes des lions indomptés, qui ne connaissent pas la raison, que de l'être formé uniquement par elle et pour elle.

Cet amour si grand de tes parents, cet amour avec lequel ils t'ont nourri de leur propre sang, quelle cruauté extrême, quelle brutalité te meut contre lui!

Roi don Alphonse, roi, souviens-toi de ta propre histoire. L'affreux égarement avec lequel tu persécutas si cruellement ton père lui donne vengeance de toi par un autre toi-même, par ton fils qui te désobéit.

Les signes de l'étendard royal donnés par Dieu à ce roi dont tu as reçu ton nom et ton sceptre [1], on les a vus levés par toi, non contre les cinq rois dans le sang desquels il baigna son écusson, mais contre le roi ton père, mais contre tes vassaux.

On a vu les tours royales dressées contre elles-mêmes, embrasées d'un feu terrible, vomir l'incendie contre l'un et l'autre parti, d'où coulait si cruellemeut un même sang.

Combien de fois la sainte reine ta mère ne se précipita-t-elle pas dans ce feu des divisions pour te racheter la vie! Par elle il était éteint sans cesse, par toi il était rallumé. Maintenant tu brûles dans une autre fournaise. C'est la justice du Dieu suprême.

ACTE TROISIÈME.

SCÈNE I.

INEZ, LA NOURRICE.

INEZ.

Jamais le jour n'a autant tardé à venir pour moi qu'aujourd'hui. O soleil éclatant et beau! combien tu réjouis des yeux qui cette nuit ont pensé ne plus te revoir! O nuit triste! ô nuit obscure! que tu as été longue! Comme tu as fatigué cette ame par de vains fantômes! Tu m'avais mise en de telles craintes que je croyais que là s'achèverait mon amour, que là devaient s'éteindre les souvenirs douloureux de mon ame. Et vous, mes fils, mes enfants si beaux, en qui je retrouve le visage et les yeux de votre père, je pensais que vous étiez séparés de moi pour toujours. Oh! songe triste, que tu m'as assombrie! Je tremble, oui, je tremble encore maintenant. Dieu! éloigne de nous de si tristes augures, change-les en un destin plus heureux, en des jours plus prospères! Vous aurez le temps de croître, mes enfants, qui pleurez de me voir pleurer sur vous, mes enfants si jeunes. Hélas! celle qui pendant la vie vous aime tant et craint tant pour vous, que fera-t-elle à l'instant de la mort? Mais vous vivrez, vous croîtrez auparavant, pour que je vous voie fouler librement cette campagne, le lieu de votre naissance, pour que je vous voie monter les beaux destriers que votre père vous réserve et sur lesquels vous passerez le fleuve afin de venir voir votre mère, sur lesquels aussi vous chasserez les bêtes sauvages. Je vivrai pour voir enfin vos ennemis vous craindre de telle sorte que même de loin ils n'osent pas vous nommer. Que mes destins viennent me chercher; que ce jour qui m'attend vienne également; enfants, vous m'aurez toujours devant les yeux et je vivrai encore en vous à l'instant de la mort.

LA NOURRICE.

Quelle était la cause, ma maîtresse, de ces pleurs et de ces cris que tu as fait entendre cette nuit?

INEZ.

O ma nourrice, cette nuit j'ai vu la mort, et je l'ai vu terrible et cruelle!...

LA NOURRICE.

Dans tes songes je t'ai entendu pleurer si haut que je suis devenue froide de crainte et d'épouvante.

INEZ.

Mon ame, assombrie par les terreurs dans lesquelles je me suis trouvée, s'attriste encore; fatiguée de m'abandonner aux souvenirs doux et mélancoliques que l'infant apporte et laisse toujours ici, je m'endormis si triste que la tristesse fit naître en moi le songe le plus accablant que je puisse me

(1) Le poète fait ici allusion à Affonso Henriquez.

rappeler d'avoir fait. Je rêvai qu'étant seule en un bois obscur et triste, tout enveloppé d'une nuit profonde, j'entendais dans l'éloignement les rugissements de bêtes épouvantables ; la crainte m'avait saisie et m'arrêtait la langue ; je ne pouvais fuir ; l'ame presque anéantie, immobile, j'embrassais mes enfants. Sur cela un lion farouche vint à moi avec un respect sauvage et retourna aussitôt tranquillement sur ses pas ; mais comme il s'en allait, je ne sais d'où sortirent plusieurs loups féroces, qui, s'élançant vers moi me déchirèrent le sein. Et alors j'élevai la voix vers les cieux, j'appelai mon seigneur ; il m'entendait, mais il tardait à venir, et je mourais avec un sentiment si douloureux qu'il me semble l'éprouver encore maintenant. On m'arrachait l'ame avec violence, comme à quelqu'un qui laissait la vie avant le temps, et le plus grand mal qu'il y eût en cette mort, c'est que je sentais que j'abandonnais pour toujours celui dont la vie m'est si chère.

LA NOURRICE.

Hélas ! ton ame se laisserait-elle accabler ? Dieu te conserve ! Mais souvent une triste pensée amène d'obscures et fâcheuses visions ; ce sont les réflexions dans lesquelles tu t'es endormie qui ont enfanté les craintes que tu éprouves.

INEZ.

Je pleure cette douleur et ce deuil que ma mort donnera à l'infant.

LA NOURRICE.

Pourquoi pleures-tu sur ce qui t'est apparu en songe ?

INEZ.

J'ignore ce que j'ai ; je ne sais quel est ce poids que je sens sur le cœur, et qui m'accable ; mais autrefois, quand j'étais seule comme je me vois maintenant, tous les songes qui me rappelaient mon seigneur étaient si riants que je désirais la nuit pour m'enivrer des illusions qui me le ramenaient ; alors je le voyais, je croyais le posséder, je pensais qu'il me parlait et que je pouvais lui répondre ; et bien souvent les paroles qu'il m'avait dites en pleurant à son départ, il me les répétait encore en répandant des larmes, et moi je le serrais entre mes bras ; mais au moment du réveil c'était moi seule que je tenais embrassée. Ces illusions nées de la nuit me soutenaient pendant le jour, cette nuit je les perdais avec l'existence.

LA NOURRICE.

Un jour viendra dont l'aurore sera plus brillante et plus heureuse, et où la couronne qui t'attend sera posée sur ta chevelure d'or. Mais avant ce temps réjouis-toi ; laisse là les mensonges des ténèbres, laisse les tristes terreurs.

INEZ.

Je ne sais ce que voit cette ame, mais elle craint.

LA NOURRICE.

L'imagination est fatale.

INEZ.

Que fera donc celle qui ne peut la fuir ?

LA NOURRICE.

Il faut penser au bonheur, repousser la tristesse.

INEZ.

Fais-le-moi voir ce bonheur ; car ici je ne l'aperçois pas.

LA NOURRICE.

Pourquoi crains-tu le mal qui ne t'a pas atteinte ?

INEZ.

Parce que je redoute de perdre le bonheur que j'attends.

LA NOURRICE.

Craindre de si loin les maux, c'est doubler la douleur.

INEZ.

Comment une ame serait-elle satisfaite quand elle comprend sa faute ? Les hommes me jugent avec défaveur, et je crains Dieu.

LA NOURRICE.

Quant à ces secrets, ma maîtresse, qui paraissent blâmables et honteux au monde, bien qu'il ne voie et ne juge rien que sur l'apparence, il suffit que l'on ait la conscience en repos et forte d'elle-même ; il suffit qu'on puisse tout avouer à Dieu, c'est la preuve d'une ame pure. Eh bien ! la tienne doit être tranquille ; si elle a déjà péché, elle doit se sentir maintenant purifiée par le courage avec lequel vous vous êtes saintement unis. Dieu amènera des temps plus heureux que ceux qu'il vous accorde maintenant, et le monde verra clairement combien il y a de péril à juger les ames que Dieu seul peut voir. C'est pourquoi espère, vis plus tranquille, vis pour que celui qui te chérit si ardemment, et qui trouve son existence en toi, puisse vivre à son tour.

INEZ.

Mes yeux n'ont jamais tant désiré sa présence, jamais mon imagination ne se l'est figuré m'ayant si complètement oubliée... Que Dieu le conserve ! oui, Dieu te conserve, mon seigneur ! Il me semble que quelque malheur te retient, quelque grand malheur ! Mon ame s'arrache de mon sein ; on dirait qu'elle veut voler jusqu'aux lieux où tu es, mais il me semble aussi que tu la fuis et que tu l'abandonnes. O pensées tristes ! pensées accablantes ! éloignez-vous, éloignez-vous !

LA NOURRICE.

Ah! ne conçois pas de funestes présages! Quel destin sera plus heureux que le tien? Quiconque appelle la tristesse de son propre mouvement peut difficilement ensuite la rejeter loin de soi; quelquefois, en sa furie, elle se jette sur la joie qu'elle détruit pour toujours. Porte tes regards vers ces gages si doux et si certains d'un amour qui leur a donné l'existence; puise dans ces doux regards quelque allégement aux pleurs qui obscurcissent tes yeux. Ne pleure plus, ma fille; tu flétris ton beau visage par ces larmes; oh! ne pleure pas; sèche tes yeux; que ceux qui mettent leur gloire à te voir satisfaite n'y remarquent point des signes aussi funestes de douleur. Vois comme les eaux du fleuve courent vers le lieu où il est avec ses souvenirs mélancoliques; de là il te voit. Oh! les eaux du fleuve lui rappellent sa demeure, les lieux où vit son ame. Ces belles campagnes qui se déploient sous un ciel doré et magnifique, qui peut les voir sans se réjouir? Écoute la douce musique de ces oiseaux; ils accourent toujours ainsi du sommet de ces beaux arbres pour te recevoir. Pense, senhora, que tu posséderas tout cela dans quelque temps avec un double plaisir, car tu seras alors assurée de ton destin, debarrassée des craintes qu'il t'inspire, et maîtresse de ton bien-aimé, ainsi que de ce pays.

SCÈNE II.

LE CHOEUR, INEZ, LA NOURRICE.

LE CHOEUR.

Je t'apporte des nouvelles, des nouvelles mortelles, dona Inez. Ah! que tu es digne de compassion. Infortunée! infortunée! tu ne méritais point une mort si cruelle que celle qui vient te chercher!

LA NOURRICE.

Que dis-tu? parle!

LE CHOEUR.

Je ne le puis, je pleure.

INEZ.

De quoi pleures-tu?

LE CHOEUR.

Je contemple ce visage, ces yeux...

INEZ.

Infortunée que je suis, infortunée! Quel affreux malheur viens-tu m'annoncer?

LE CHOEUR.

C'est ta mort.

INEZ.

Mon infant... mon seigneur... Il est mort!

LE CHOEUR.

Vous mourrez tous deux de bonne heure.

INEZ.

O tristes nouvelles! Pourquoi ont-ils tué mon amour, pourquoi l'ont-ils fait mourir?

LE CHOEUR.

Parce qu'ils vont te donner la mort, qu'il ne vit que par toi seule, et qu'il mourra à cause de toi.

LA NOURRICE.

Dieu ne permettra point un tel malheur, une chose si affreuse...

LE CHOEUR.

L'instant fatal approche, il ne peut tarder. Songe à gagner un lieu sûr. Fuis, infortunée, fuis! On entend déjà résonner les fers de leurs chevaux, ils accourent avec la mort; ce sont gens armés, senhora, qui viennent à ta recherche; le roi lui-même vient t'enlever, déterminé qu'il est à assouvir sur toi sa colère. Vois si tu peux aussi sauver tes enfants; ne lui abandonne pas ceux qui partagent ton mauvais destin.

INEZ.

O infortunée! seule, triste, persécutée. Hélas! mon seigneur, où es-tu? pourquoi n'accours-tu pas? Le roi me vient chercher?

LE CHOEUR.

Oui, le roi.

INEZ.

Et pourquoi veut-il ma mort?

LE CHOEUR

Oh! que ce roi est cruel! qu'ils sont cruels, ceux qui lui ont conseillé une semblable barbarie! Ils viennent te chercher, ils viennent regarder la place de ton sein où leur fureur plongera le fer.

LA NOURRICE.

Ton songe s'est accompli.

INEZ.

Songe funeste et cruel, pourquoi étais-tu donc si vrai? O mon ame, pourquoi n'as-tu pas cru davantage à un affreux malheur que tu connaissais d'avance et auquel tu commençais à croire. Fuis, ma nourrice, fuis ces fureurs qui veulent nous atteindre; je reste, moi, je reste seule, mais innocente; je ne veux plus aucun secours. Que la mort vienne! je meurs, mais sans être coupable; Vous, mes enfants, vous vivrez pour moi. Oh! vous qui êtes si jeunes et que l'on vient m'arracher avec tant de cruauté!... O mon Dieu, aide-moi! Secourez-moi, jeunes filles de Coïmbre! hommes qui voyez mon innocence, secourez-moi aussi!.. Mes enfants, ne pleurez pas; je pleure assez pour vous. Rassasiez-vous des tendresses de votre mère, oui de votre mère, hélas! tandis qu'elle est encore vivante. Et vous, mes amies, entourez-moi, défendez-moi contre le mort, si vous le pouvez, car la mort me cherche.

LE CHOEUR.

Crains tes erreurs, aveugle jeunesse, fuis tes propres égarements; tâche de retenir le temps, car il t'abandonne en courant, en volant de ses ailes.

Oh! combien quelque jour peut-être, tu désireras vainement une heure... un seul moment fugitif! Epargne le présent, garde-le comme un trésor, jusqu'à ce qu'il te soit assuré.

Tout l'or, tout l'argent, toutes les pierres précieuses que tant d'insensés, sans craindre la mort, vont chercher à travers l'eau et les flammes, en creusant le sein de la terre, ne pourraient point, ne sauraient jamais racheter un seul instant de ce temps indépendant de toutes choses, qui laisse derrière lui les princes, les seigneurs, comme les moindres mortels.

Égal pour tous, il fuit également tout le monde; la force ni la beauté ne peuvent rien sur lui; partout où il passe, il foule, il détruit tout et personne ne le retient.

La seule bonne renommée, la seule chaste vertu peut davantage que lui. Elle seule peut trouver son salut en elle-même. C'est elle seule que l'esprit doit suivre et qui vit toujours; en la suivant tu triompheras du temps, tu pourras te rire de la mort.

Vis donc, vis, jeunesse aveugle, vis avec le temps; enrichis-toi des instants qui s'écoulent, arme-toi de lui seul, contre le jour de la grande affliction.

A côté de l'amour vient l'anéantissement de la vie, de l'honneur et en même temps de l'ame qui, placée dans une nuit obscure, ne peut apercevoir le jour brillant de la raison, celle-ci lui indiquerait les maux et les périls dans lesquels cet amour va se perdre.

O prince aveugle! ô prince obstiné, qui as fermé les yeux devant tant de bons conseils, qui as fermé les oreilles à tant d'avis salutaires, tu dors ou tu te promènes, et cependant on voit accourir par les campagnes du Mondego la mort, qui vient chercher ta douce vie, celle que tu appelles ton doux amour.

Mort cruelle, qui viens chercher cette innocente, aie deuil et pitié en voyant ses beaux yeux et son beau visage; ne défais pas le nœud dont l'amour a uni si étroitement deux cœurs.

Va, tu commettras une grande cruauté en éteignant ces regards qui cherchent d'autres regards, cette ame qui demande une autre ame, en répandant le sang vermeil de ce beau corps.

Ce sang, il anime encore un sein de neige et d'ivoire, il anime des joues de lis et de roses; mais elles perdent déjà leur couleur. Ce sang, tu l'as refroidi près de son cœur en faisant entendre ton nom abhorré.

Ce cou si blanc[1], qui soutient une tête charmante aux cheveux dorés, pourquoi le veux-tu trancher par un coup si cruel? pourquoi veux-tu disperser dans les airs cet esprit si digne du corps où il vivait?

Aie pitié, aie compassion de tant de beauté; songe à ce malheureux Infant et aux gages de son amour. Arrête-toi, il va venir; arrête-toi tout le temps qu'il met à arriver. Et toi, malheureux Infant, accours, viens secourir ton amour. Mais, hélas! tu tardes trop et tu verras comme toujours l'amour finit.

ACTE QUATRIÈME.

SCÈNE I.

PACHECO, LE ROI, LE CHOEUR, INEZ, COELHO.

PACHECO.

La promptitude en un cas semblable est sûre caution; la pitié, Seigneur, deviendrait, je le répète, une cruauté. Ferme les yeux devant les larmes et les angoisses qui pourraient te dissuader de ton ferme dessein.

LE ROI.

C'est elle qui vient vers moi. O beauté digne d'un destin plus heureux!

LE CHOEUR.

Voici la mort qui s'avance; va te livrer à elle, vas-y promptement; tu auras moins à gémir.

INEZ.

J'y vais, mes amies; mais vous, accompagnez-moi, aidez-moi à demander miséricorde; pleurez l'abandon de mes fils si jeunes et si innocents. Enfants malheureux,

(1) Il y a dans l'original *aquella alva garganta, de cristal ou prata*. Littéralement : Ce cou blanc de cristal ou d'argent. Ces étranges métaphores, qu'on rencontre rarement dans Ferreira, mais qui indiquent une continuation de l'influence arabe, ne sauraient se rendre en français.

voyez le père de votre père; voici votre aïeul, notre Seigneur; baisez-lui les mains, demandez-lui qu'il ait pitié de vous et de votre mère, dont il vient, enfants, vous dérober la vie.

LE CHOEUR.

Qui peut te voir sans pleurer et sans s'adoucir!

INEZ.

Mon Seigneur, je suis la mère de tes petits-fils; ces enfants sont ceux de ton fils que tu aimes tant; celle qui te parle est une pauvre et faible femme, contre laquelle tu viens armé de cruauté. Tu m'as en ton pouvoir; il suffisait de ton ordre pour que, pleine de confiance en toi et en mon innocence, je t'attendisse librement et avec sécurité. Tu n'as pas besoin, Seigneur, de tout cet appareil d'armes ni de ces cavaliers; l'innocence ne craint ni ne fuit la justice. Si mes péchés m'accusaient, j'aurais été devant toi, j'aurais regardé comme une faveur de recevoir de toi la mort; maintenant je vois que tu viens me chercher. Je baise ces mains royales, qui dispensent la clémence. Puisque tu as voulu venir toi-même t'informer de mes fautes, connais-les, Seigneur, comme un bon roi comme un roi juste et clément, comme le père de tous tes vassaux, à qui tu n'as jamais refusé ni la pitié ni la justice. Que vois-tu en moi, Seigneur, que vois-tu en celle qui se remet avec tant de confiance entre tes mains? Quelle est cette colère, quelle est cette fureur avec laquelle tu me viens chercher? Tu n'en mettrais pas autant à poursuivre l'ennemi qui ravagerait tes Etats par le fer et par le feu. Je tremble, Seigneur, je tremble de me voir devant toi, comme j'y suis. Femme jeune et innocente, ta captive, je suis seule et je n'ai personne qui me défende. Que ma langue ne se hasarde point trop; l'esprit craint quand on est en ta présence. Ah! du moins que ces enfants, tes petits-fils, puissent me défendre, qu'ils parlent pour moi; écoute les seuls... Mais, Seigneur, ils ne te parleront pas... leur langue ne le saurait faire; ils te parleront par leur ame, par leur tendre enfance, par leur sang qui est le même que le tien. Leur délaissement te demande la vie; ne la leur refuse point. Ce sont tes petits-fils; jusqu'à ce jour tu ne les avais point vus, et tu les vois en telle circonstance que tu leur ôtes la gloire et le bonheur, revelés par Dieu à leur ame au moment où ils se trouvent en ta présence.

LE ROI.

Triste a été ta destinée, dona Inez: elle est triste ta fortune!...

INEZ.

Ah! dis plutôt qu'elle est heureuse, Seigneur, puisque je me trouve devant tes yeux dans un moment si difficile. Eh bien! porte-les maintenant sur une infortunée, comme tu as coutume de le faire pour d'autres; que j'y trouve pitié et justice. Viens-tu me faire périr, Seigneur? pourquoi en veux-tu à ma vie?

LE ROI.

Ce sont tes fautes qui te tuent; songe à elles.

INEZ.

Mes fautes? ô mon Roi! Aucune d'elles, au moins, ne m'accuse devant toi, s'il y en à plusieurs qui puissent m'accuser devant Dieu. Mais lui, il entend les accents d'une ame infortunée qui réclame sa pitié! O Dieu juste, Dieu clément, toi qui ne donne pas la mort, pouvant l'envoyer avec justice, toi au contraire, qui prolonges le cours de notre vie seulement pour pardonner un jour, puisque tu as toujours fait ainsi, ne change pas pour moi. Et puissé-je obtenir ta clémence!

LE ROI.

Bien des gens me demandent ta mort, et il y a grandes clameurs pour cela.

PACHECO.

Le temps s'enfuit.

INEZ.

Oh! infortunée! infortunée! Mon Seigneur, ne m'entends-tu pas? Apaise ta fureur; ne l'écoute pas; jamais la colère n'a bien conseillé; jamais elle n'a donné le temps de remédier à aucun mal; elle traîne toujours après elle le repentir, et le repentir sans espoir. Écoute ma justification, entends les preuves de mon innocence. Mon crime, Seigneur, c'est de garder un amour constant à celui qui a la même tendresse pour moi. Si pour l'amour tu fais mourir, que feras-tu donc à un ennemi? J'ai aimé ton fils; oh! il n'a pas trouvé la mort près de moi; l'amour mérite l'amour, voilà ma faute. C'est elle que tu veux châtier par la mort; cette mort, maintenant, en quoi l'ai-je méritée?

PACHECO.

Dona Inez, la sentence est prononcée contre toi; songe à mettre ton ame en état de quitter la terre, et que ce soit avec promptitude, pour que tu n'aies pas à pleurer autre chose que la mort.

INEZ.

O mes amis! pourquoi ne tirez-vous pas le roi, de cette grande colère? C'est à vous que je me rends, c'est en vous que je cherche du secours; aidez-moi maintenant à implorer sa pitié. O chevaliers qui avez promis de défendre les affligés, défendez-moi, car je meurs injustement! Si vous ne prenez ma défense, c'est comme si vous me donniez la mort.

COELHO.

Par la douleur que me font ces larmes, je te supplie d'employer au salut de ton ame le peu de temps qui te reste, quoiqu'il soit bien court! Ce que le roi fait contre toi, il le fait avec justice. Nous ne l'avons pas amené ici avec l'intention d'être plus cruels envers toi, mais bien avec le désir de sauver ce royaume qui demande ta mort. Ah! plût à Dieu qu'un semblable moyen ne nous eût jamais été nécessaire! Pardonne donc au roi, qui est ici sans faute. Si nous en commettons une, que vengeance soit demandée par toi contre nous devant le Dieu suprême. Si tu en juges autrement, l'intention qui nous a guidés en conseillant le roi doit nous faire absoudre. Dona Inez, ta mort peut être encore heureuse, si tu comprends que par elle seule doit revenir la vie fécondante à ce royaume. Tu sais en quel état il se trouvait à cause de toi et les résultats de la faute à laquelle, nous le voulons croire, l'infant t'avait forcée; mais puisque, pour remède à tant de maux, ta mort ou la sienne est devenue nécessaire, souffre avec patience celle à laquelle tu es condamnée, et tu en tireras gloire plus grande que la gloire que tu attendais en ce monde. Plus elle te semble injuste, plus elle te comptera là-haut, là-haut, où tout se paie avec équité. Nous qui, à ton avis, te faisons mourir à grand tort, nous ne vivrons pas long-temps, et avant peu tu nous verras comparaître devant le trône du juge suprême, où nous rendrons compte du mal que nous t'aurons fait. N'as-tu pas déjà entendu dire avec quel courage des Grecques et des Romaines sont mortes uniquement pour la gloire? Meurs donc, Inez de Castro, meurs sans plainte, puisque ta mort est irrévocablement résolue.

INEZ.

Triste est cette parole, triste et cruel le conseil que tu me donnes... Qui l'écouterait? Mais puisque je sens déjà la mort, écoute, Seigneur Roi, les derniers accents de cette ame! J'embrasse tes genoux! Oh! je ne fuis pas! tu m'as tout entière en ton pouvoir!

LE ROI.

Que me veux-tu?

INEZ.

Eh! que puis-je te vouloir que tu ne le saches déjà? Demande-toi à toi-même ce que tu fais, la cause qui te porte à une telle rigueur. Ta conscience a parlé en ma faveur. Si les yeux de ton fils se sont égarés parce qu'ils m'ont vue, où est ma faute? J'ai payé son amour par l'amour, mais c'est une faiblesse pardonnable dans tous les états; si j'ai péché envers Dieu, je n'ai point péché envers toi. Je n'ai pas su me défendre et je me suis donnée tout entière, non à tes ennemis, non à des traîtres, auxquels j'aurais pu livrer des secrets qui m'eussent été confiés, mais à ton fils, au prince de ce royaume! Quelle force pouvais-je opposer à tant de force? Je ne croyais point t'offenser, Seigneur. Si tu m'avais imposé quelque défense, je t'aurais obéi, quoique jamais un amour passionné ne se commande. Cet amour, il a été égal entre nous deux, nos ames se sont échangées avec une mutuelle ardeur. Celle qui te parle maintenant, c'est l'ame de ton fils; elle te demande la vie pour ces enfants, conçus en si grand amour. Ne vois-tu pas combien ils ressemblent au prince? Seigneur, tu les fais tous périr en me donnant la mort; tous mourront! Je ne regrette déjà plus, non je ne pleure plus ma mort, quoiqu'elle soit bien injuste, quoiqu'elle tranche ma vie dans sa fleur, et d'un coup bien peu mérité. Mais je comprends que cette mort, elle sera triste et dure pour toi et pour le royaume; c'est ce que me fait sentir l'amour qui m'y condamne. Non, ton fils ne pourra vivre; donne-lui la vie, Seigneur, en me la donnant à moi. Je me retirerai sur-le-champ en un lieu d'où je ne reviendrai jamais, mais j'emporterai ces enfants qui ne connaissent pas d'autre sein, d'autres caresses que celles de leur mère, et que tu leur veux cependant retirer. O mes enfants! pleurez, demandez justice au ciel suprême, demandez miséricorde à votre aïeul, si cruel envers vous, mes pauvres innocents!... Vous resterez donc ici, sans moi, sans votre père... il ne pourra vous voir sans me voir... Embrassez-moi, mes enfants, embrassez-moi! quittez le sein que vous avez sucé. Oh! oui, il n'y a que lui qui vous ait nourris; et on vous le retire... Voilà que votre mère vous abandonne. Que dira donc votre père quand il regardera les salles et les murailles de ce palais; elles seront pleines de sang... O Seigneur! je te vois mourir pour moi... Seigneur, bien que je meure, toi il te faut vivre. Je te le demande et je t'en supplie. Oh! vis... vis... protége ces enfants que tu chéris, et que ma mort rachète tous ces malheurs, si quelques-uns l'ont espéré ainsi. Roi, tu peux cependant éviter tous ces maux; il ne faut qu'une parole de secours et de pardon... Je ne puis en dire davantage; ne me fais point mourir!... ne me fais point mourir, Seigneur... je ne l'ai point mérité!

LE ROI.

O femme forte! tu m'as touché et tu m'as vaincu; je te quitte. Vis, et que ce soit autant que Dieu le voudra.

INEZ.

Roi clément, vis aussi puisque tu pardonnes! Meure celui qui voulait accomplir ses cruelles intentions!

SCÈNE II.

PACHECO, LE ROI, COELHO.

PACHECO.

Ah! Seigneur, que tu nous causes de maux! Cette faiblesse est-elle digne de toi, digne d'un cœur royal? — Une femme peut te vaincre, et tu es étonné qu'elle ait su vaincre ton fils. Maintenant il n'aura qu'une excuse trop juste; non, je ne puis croire que tu oublies l'intention si fondée qui t'amenait ici.

LE ROI.

Mon esprit ne peut consentir à une si grande cruauté.

PACHECO.

Tu commets envers le royaume une cruauté bien plus grande encore; tu fais ce qu'un peu d'eau fait en un brasïer ardent, et la colère de ton fils, qui s'allume si rapidement, deviendra encore plus terrible. A quoi as-tu pensé? tu as mis l'État dans le plus grand péril.

LE ROI.

J'ai vu cette femme innocente, et je pleure en mon ame.

PACHECO.

L'esprit d'un roi doit être si ferme et si courageux, que rien de ce qui se trouve sous les cieux ne doit avoir puissance de le faire changer. La justice, Seigneur, est représentée avec une épée tranchante; la force et la douceur ne peuvent rien contre sa pointe acérée. Tout extrême est un vice chez celui qu'on regarde comme le père du royaume. Après un calcul raisonné, après avoir pesé en toi-même les raisons évidentes, les conseils qui t'ont fait voir combien était nécessaire ta présence ici, combien était indispensable l'action à laquelle tu t'étais décidé, des larmes, Seigneur, font changer si légèrement un esprit constant dans ses devoirs? Mais plutôt ce coup d'état tu n'oses l'accomplir, parce que tu ne vois pas le mal tel qu'il est, et il est cependant déjà sans remède.

LE ROI.

Je ne vois pas ici quelle est la faute qui mérite un tel châtiment.

PACHECO.

Encore aujourd'hui tu la voyais; qui te la cache donc maintenant?

LE ROI.

J'aime mieux pardonner que d'être injuste.

PACHECO.

L'homme injuste, c'est celui qui n'inflige point un châtiment mérité.

LE ROI.

Pèche, crois-moi, plutôt par cet extrême que par la cruauté.

COELHO.

Un roi ne saurait toujours être exempt de faute.

LE ROI.

Je suis homme.

COELHO.

Et roi cependant.

PACHECO.

Il n'y a pas toujours de pitié à pardonner.

LE ROI.

Je vois une femme innocente, mère des enfants de mon fils; mais je lui donnerais la mort en même temps qu'elle la subirait!...

COELHO.

Ah! dis plutôt que c'est la vie que tu rends à ton fils; tu sauves son ame, tu pacifies ton royaume, tu gagnes une sécurité nouvelle pour toi-même, tu nous restitues l'honneur, la paix et le repos; tu anéantis les traîtres, tu romps tout ce qui se tramait contre ton petit-fils. Les offenses publiques, Seigneur, ne veulent point de pardon, elles exigent une rigueur extrême; c'est de là que dépend le salut d'un royaume ou souvent sa chute assurée. Ouvre les yeux sur les faits irrécusables que nous t'indiquons et que tu voyais si bien; pense à ce que tu as entrepris et à ce que tu abandonnes. La haine de ton fils pour toi, pour nous, sera aussi grande qu'elle l'eût été en achevant ce que tu négliges de faire. Ses enfants te restent; qui t'empêche de les aimer, de leur accorder des honneurs? tu adouciras ainsi sa colère. Seigneur, nous te le demandons au nom de l'État, au nom de l'amour que t'a voué ton peuple; s'il le faut, nous invoquerons ta propre tendresse, l'honneur de ton fils, notre prince; nous rappellerons don Fernando, son unique héritier, dont la vie exige avec équité la mort de cette femme. Oui, nous te demanderons par ton honneur, par la ferme persévérance avec laquelle tu as toujours rendu la justice à ton peuple, que tu n'abandonnes pas cette vertu. Puissent ces raisons pressantes l'emporter sur une pitié sans fondement; car tu pleureras quelque jour d'avoir perdu cette occasion que [illegible] te laissait [illegible]

LE ROI.

Je n'ordonne ni ne m'oppose; que Dieu juge! Vous autres, faites ce qu'il vous conviendra, s'il vous semble que ce soit justice de faire périr qui n'a point commis de faute.

COELHO.

Cette permission suffit; l'intention nous sauvera auprès des hommes et auprès de Dieu.

LE CHOEUR.

Enfin elle a vaincu, la colère, cette cruelle ennemie de tout conseil équitable. Ah! combien peuvent les paroles et les fausses raisons sur un cœur faible. Je vois ton esprit, ballotté par mille flots différents; ô roi, ton zèle est bon, le conseil loyal, mais l'action bien cruelle!...

LE ROI.

Regardez-vous comme cruauté ce qui est justice?

LE CHOEUR.

Tout autre siècle l'appellera de ce nom?

LE ROI.

Mon ame est innocente, je m'abandonne au conseil.

LE CHOEUR.

Que Dieu te juge! je n'ose le faire et je crains.

LE ROI.

Eh! que crains-tu?

LE CHOEUR.

Ce sang qui crie vers les cieux. Nous ne saurions t'inculper, mais nous ne saurions excuser les mains discourtoises de tes ministres, car s'ils ont été constants dans leur conseil, ils ont été cruels dans l'action. Mais as-tu compris ce qu'il y avait là de cruauté? Jamais tu n'as vu un sang moins coupable, et tu souffres, ô roi! une telle injustice! Entends-tu les gémissements de cette jeune innocente, les pleurs de ses fils? Malheureux Infant, ceux-là qui s'appellent tes vassaux font expirer celle que tu appelais ton ame, ils teignent leur fer cruel dans ton propre sang.

LE ROI.

Mon ame rentre en elle-même. Oh! qui pourra défaire ce qui est fait!

LE CHOEUR.

Dona Inez est morte, l'amour l'a tuée; amour cruel, si tu avais le libre usage des yeux, tu mourrais aussi. O mort fatale! comment as-tu osé t'emparer de cette vie? Mais tu ne l'as point fait, tu lui as donné une existence et un nom préférables à ceux qu'elle avait sur cette terre.

Son corps, la terre le gardera, l'amour pleurera toujours sur elle, il ne voudra plus s'honorer que de son nom; mais ceux-là qui voudraient la voir avec un autre nom, une autre gloire, une autre vie, ceux-là doivent savoir qu'elle les possède et que la mort n'y peut rien.

O mort! tu n'éteins réellement que ceux dont le nom s'oublie et dont toute l'existence reste ensevelie sous le linceul. Mais cette femme vivra tant que l'amour régnera parmi les hommes, et toujours son nom deviendra plus beau.

Un royal amour lui donnera un nom royal. Oh! quelle couronne lui prépare la mort[1]! Toutefois elle a fermé ses beaux yeux, car la terre était indigne de ses regards; et voilà que l'amour solitaire est désarmé, voilà, Infant, qu'il n'y a plus que tristesse en ta vie!

C'est toi qui es mort, cette vie était la tienne; et maintenant, pour toi, ce nom que l'amour avait fait si doux, la mort l'a rendu un vrai nom de douleur! Oh! tu iras toujours la pleurant sur la terre, jusqu'à ce que tes yeux la puissent contempler au ciel.

Quels seront les yeux qui ne pleurent désormais avec amertume une vie tranchée en sa fleur? Tous ceux qui iront visiter le lieu où son nom est écrit sur sa tombe, ceux-là diront : La mort déplore continuellement l'angoisse que lui donna ici l'amour.

Amour! plus tu as perdu à la voir s'éteindre, plus sa vie et son nom croîtront en renommée.

SAPHIQUES.

Pleurons tous la funeste tragédie que cette mort cruelle laissera au monde. Déjà cet esprit qui existait en toi, Inez, s'envole vers les cieux; déjà ce sang de pourpre, ce sang innocent abandonne par violence les membres auxquels il donnait une couleur et une grace si parfaites qu'on n'en avait vu de semblables, ni en cet âge ni en tout autre.

Aussi la région qui voit naître le soleil, et la région où le soleil se cache, aussi la contrée assujétie au brûlant cancer, comme celle qui l'est à l'ourse glacée, pleurent-ils ce douloureux événement.

L'infortunée est étendue dans son sang, aux pieds des enfants pour qui elle fuyait; ils n'ont pu la secourir, ils n'avaient pas la force de détourner les fers aigus dont ils voyaient

(1) *O que coroa lhe aparelha a morte!*
Et plus loin on trouve :
Teu innocente corpo sera posto
Em estado real.
Ces vers semblent être un écho de la belle tradition, que nous avons vainement cherchée dans la chronique. Quelques années plus tard, Camoens disait, dans son admirable épisode des Lusiades:
A'quelle, que depois a fez rainha.
On sent que si les grands poètes du seizième siècle ne racontent pas l'imposante cérémonie du couronnement, ils y font du moins allusion.

ces cruels percer, avec tant de fureur, le sein de leur mère.

O mains barbares, cœurs endurcis! comment avez-vous pu commettre une telle cruauté? D'autres mains s'élançaient qui vous eussent arraché ces armes avec plus de violence. Quels Gètes barbares, quels lions, quels ours n'eût pas adoucis un si charmant visage? Quelle colère si farouche n'eût pas convertie en bonté une seule plainte de cette bouche enchanteresse? Quelles mains si inhumaines n'eussent pas rattaché les boucles de ces riches cheveux? Ces yeux, à quelles pierres si dures n'eussent-ils point donné de mollesse?

Oh! quel deuil, quelle inhumanité épouvantable et digne des bêtes féroces! Une femme innocente, assassinée uniquement à cause de son amour et par des gens en armes, comme un redoutable ennemi... Dieu! toi qui l'as vu, entends un juste cri! ce sang te demande une vengeance terrible.

ACTE CINQUIÈME.

SCÈNE I.

L'INFANT, UN MESSAGER.

L'INFANT.

Ce ciel, ce soleil, me paraissent différents de ce qu'ils étaient aux lieux d'où je viens; ils sont plus beaux et plus éclatants. Où ne resplendissent pas les yeux brillants de ma lumière, tout est obscur. Elle seule est mon soleil, mon étoile, plus belle et plus lumineuse que Vénus au temps où elle se montre en son éclat; par ses yeux on voit s'éclairer la terre; il n'y a plus d'ombre ni de nuages. Là-bas, enfin, tout est si lumineux que la nuit me semble bien plutôt le jour que celui dont nous jouissons ici. Oui, dans ces lieux la terre se réjouit et s'embellit de fleurs et plus fraîches et plus belles; le ciel rit et se dore, tout différent de ce qu'il est aux autres horizons[1]. Le superbe Mondego devient si majestueux qu'il semble porter la guerre au grand Océan. Oui ceux qui vivent en ces lieux respirent un air qui rend immortel. O Inez! Inez! mon constant amour! qui prétend m'arracher à toi, m'arrache la vie. Mon ame, tu la possèdes aux lieux où tu es, et je possède ici la tienne!... Une de ces vies s'éteignant, toutes les deux cesseront! Eh! devons-nous mourir? Peut-il venir un temps où ne nous revoyons plus? Peut-il arriver un jour où, quand j'irai te chercher, je ne te retrouve pas, je ne rencontre plus ces regards si beaux d'où les miens tirent la lumière et la vie?... Je ne puis penser à cela sans que mes yeux montrent l'attendrissement que me causent de si tristes pensées. N'est-il pas vrai? longues et longues années, nous vivrons toujours avec notre amour si doux et si pur. Je te verrai reine de mon royaume, portant une couronne nouvelle, différente de toutes celles qui ont orné la tête des souverains ou de leurs reines. Alors mes yeux seront satisfaits; alors cette ame embrasée de désirs se rassasiera de sa gloire.

LE MESSAGER.

O triste nouvelle! Seigneur. Tu as un funeste messager devant toi!

L'INFANT.

Quelles nouvelles apportes-tu donc?

LE MESSAGER.

Des nouvelles cruelles!... Bien cruel je suis envers toi, puisque je me hasarde à te les apporter. Mais avant tout, contiens ton ame afin qu'elle puisse se représenter le plus grand malheur qui te soit arrivé jamais. C'est un puissant remède que d'avoir l'esprit armé contre la mauvaise fortune.

L'INFANT.

Tu me tiens en suspens; parle, tu augmentes le mal par tes retards.

LE MESSAGER.

Dona Inez, que tu aimais tant!... elle est morte...

L'INFANT.

O Dieu!... ô ciel!... Que m'apprends-tu? que me dis-tu?

LE MESSAGER.

Et elle est morte d'une mort si cruelle, que c'est une nouvelle douleur pour moi de te le raconter; je n'ose le faire.

L'INFANT.

Elle est morte?

LE MESSAGER.

Oui.

L'INFANT.

Qui l'a tuée?

LE MESSAGER.

Ton père est venu aujourd'hui s'emparer

(1) Malgré la forme tout hellénique d'Antonio Ferreira, on trouvera sans doute qu'il a fait ici un étrange abus du style oriental dont on retrouve nécessairement l'influence chez les Espagnols et chez les Portugais. On n'a pas voulu altérer ce caractère qui, du reste, est assez en harmonie avec le langage poétique de don Pedro, dont Resende, comme on l'a vu, nous a conservé plusieurs morceaux.

TH. PORTUGAIS.

d'elle avec des gens armés, et l'innocente était si confiante qu'elle n'a point fui. Rien n'a su lui valoir l'amour dont elle te chérissait; rien n'ont pu ses enfants avec lesquels elle s'est défendue. Et quand, prosternée aux pieds du roi ton père, elle lui a demandé pardon, sa piété et son innocence ont été sans pouvoir. Il s'était senti ému, il lui avait pardonné en pleurant; mais ses cruels ministres, ses conseillers, s'élevant contre ces paroles si justes, n'ont pas craint de tirer l'épée et de s'en aller vers elle lui percer cruellement le sein. Ils l'ont tuée comme elle embrassait ses enfants, et ils sont encore teints de son sang.

L'INFANT.

Que dire et que faire?... Qui appellerai-je? O fortune! ô épouvantable malheur! Mon Inez! mon ame! es-tu donc morte pour moi? et la mort a-t-elle été assez osée pour s'attaquer à toi?... Je l'ai entendu et je vis! Oui, je vis et tu es morte! Cruelle mort! aveugle que tu es, ma vie s'est éteinte et tu ne m'as pas encore pris. Oh! que la terre s'ouvre et qu'elle m'engloutisse! Cette vie qui anime un corps, qu'elle fuie! Qui la retient contre ma volonté?... Ah! ma dona Inez, mon ame et mon amour, toi mon désir et l'objet de mes soins... ma seule espérance... ma joie... ils t'ont tuée... Dis: ils t'ont tuée?... Ton ame innocente et sans orgueil, si pleine de sainteté, a-t-elle déjà abandonné son séjour? Ah! des épées se sont teintes de ton sang!... de ton sang!... Quels sont ces mains inhumaines? A qui étaient ces glaives cruels? Comment se sont-ils tournés contre toi? Comment ces fers ont-ils eu quelque force lorsqu'ils t'en ont frappé? Comment as-tu consenti à cela, roi cruel? Mon ennemi et non pas mon père; oui, je dis bien, mon ennemi!... pourquoi m'as tu assassiné ainsi? O lions farouches! ô tigres! ô serpents!... quelle soif aviez-vous donc de ce sang qui m'appartient? Pourquoi ne veniez-vous pas assouvir sur moi votre colère? vous m'auriez tué et elle vivrait, hommes cruels! Oh! pourquoi ne m'avez-vous pas donné la mort? Ennemis, si elle était coupable envers vous, vous vous seriez vengés sur moi de toutes ses offenses. Cette douce brebis, si innocente, si belle, si simple et si chaste, quel mal pouviez-vous lui reprocher? Mais vous avez été des ennemis implacables; vous vouliez me donner non pas la mort de l'existence, mais celle de l'ame. O cieux! qui avez vu une si grande cruauté, comment n'êtes-vous pas tombés tout à coup sur la terre? O montagnes de Coïmbre! comment n'avez-vous pas enseveli de tels ministres? Comment la terre ne tremble-t-elle point; comment ne s'entr'ouvre-t-elle pas? Elle peut donc supporter de telles barbaries?...

LE MESSAGER.

Seigneur, il te reste assez de temps pour pleurer; mais les larmes, que font-elles contre la mort? Va voir ce corps; va lui faire rendre les honneurs que tu lui dois.

L'INFANT.

Tristes honneurs! Dona Inez, je t'en réservais d'autres, d'autres t'étaient dus. O infortuné! infortuné jouet du destin, né sous une cruelle étoile qui m'a toujours trompé. Oh! aveugle, tu ne croyais pas à ces menaces!... Mais qui aurait pensé qu'elles pouvaient être suivies d'un tel effet?... Comment pourrai-je voir ces yeux fermés pour toujours? Comment pourrai-je considérer ces cheveux qui ne sont plus d'or, mais de sang? ces mains, auparavant si blanches et si belles, froides et noircies par la mort? ce corps si plein de vie, si beau, que j'ai eu tant de fois dans mes bras, comment pourrai-je le voir mort et froid? Comment encore se décider à voir les doux gages de notre amour livrés à un si déplorable abandon? O père cruel, ne me reconnaissais-tu pas en eux?... Mon amour, ne m'entends-tu déjà plus? ne dois-je plus te voir? ne puis-je plus te trouver en aucun lieu de la terre?... Que tous ceux qui m'entendent pleurent mon malheur avec moi; que les pierres les plus dures ruissellent de larmes, puisque tant de cruauté s'est trouvée parmi les hommes! Et toi, Coïmbre, couvre-toi de tristesse pour toujours; qu'on ne rie jamais dans tes murs, qu'on n'y entende que des pleurs et des gémissements! Que les eaux du Mondego se convertissent en sang; que les arbres et les fleurs se dessèchent; qu'ils m'aident à demander aux cieux justice de cet horrible malheur! Je t'ai assassiné, ma Dame, je t'ai assassiné! ton amour, je l'ai payé par la mort. Mais, puissé-je me tuer moi-même plus cruellement qu'ils ne t'ont fait périr, si je ne venge ta mort par de nouvelles cruautés! Que Dieu me prête vie uniquement pour cela... Il faut que je déchire leur poitrine de mes propres mains, il faut que j'arrache les cœurs qui ont osé le crime.... Oui, dis encore, achève!... Roi, mon ennemi, je te persécuterai, un feu terrible, celui de la division, travaillera bientôt les tiens, et cela dans tes propres domaines; tes amis dispersés verront les autres morts. Ils pourront voir leur sang, dont nos champs se seront remplis, courir comme de longs ruisseau, en vengeance de ce qui s'est passé!... Ou tue-moi ou fuis ma colère, car dès ce moment je ne te reconnais plus pour mon père, je m'appelle ton ennemi... Appelle moi ton ennemi... Tu n'es pas mon père... Tu n'es pas mon père... Non, je ne suis plus ton fils, je te le dis, mon nom c'est ton ennemi. Et toi! senhora, tu as ta place dans les cieux. Je ne demeure que le temps de te venger, et je m'envole vers toi. Tu seras reine ici, comme tu l'aurais été; tes fils, rien que parce qu'ils sont tes fils, seront Infants. Ton corps innocent sera honoré de façon royale; ton amour m'accompagnera jusqu'à ce que je laisse ma dépouille à côté de toi, et que mon ame s'en aille là-haut reposer à jamais près de la tienne.

FIN D'INEZ DE CASTRO.

LE JALOUX

(Comedia do Cioso)

COMÉDIE EN CINQ ACTES

DU DOCTEUR ANTONIO FERREIRA.

NOTICE SUR LE JALOUX.

Dans le prologue qui précède la pièce *des Étrangers*, celui qu'Antonio Ferreira appelle son maître, Sa' de Miranda, introduit le personnage de la comédie, et il lui fait raconter ses longues pérégrinations par le monde antique et moderne, avant qu'elle ait pu arriver en Portugal. C'est en Grèce, dit-elle, qu'elle est née; elle y a pris son nom; de là elle est passée à Rome, où il s'en est fallu de bien peu qu'on ne lui ait accordé les honneurs divins; mais, ajoute-t-elle, là elle se perdit avec la plupart des beaux-arts parmi les ruines du grand empire, et elle y demeura ensevelie jusqu'à ce que les successeurs du peuple-roi la rappelassent à la vie, bien qu'elle fût fort maltraitée et peu digne d'être vue. Elle dit encore comment, renversée par la guerre, son ennemie capitale, au moment où elle pouvait se remettre sur pied, elle accourut en fuyant vers le Portugal où elle trouva du moins la paix, si elle ne rencontra pas une complète tranquillité. Elle termine en demandant qu'on ne l'oblige pas, sur la fin de ses jours, à faire ce à quoi elle s'est toujours refusée, c'est-à-dire à changer son nom de comédie contre celui d'*Auto*, et qu'on lui laisse du moins ce nom par amour pour sa nature.

Ce récit naïf du vieux poète expose assez bien la marche que suivit le drame en Europe et dans la Péninsule; il dit surtout la différence positive que les hommes de l'art voulurent établir, dès l'origine, entre l'*auto* populaire[1] qui s'était introduit, dès les premières années du siècle, et la comédie érudite réservée à une cour savante et au public intelligent des universités.

Quand Ferreira prit son rang parmi les auteurs comiques du Portugal, un seul choix lui restait à faire; il fallait nécessairement qu'il suivît la libre impulsion donnée au drame par Gil Vicente, ou qu'il acceptât la tradition retrouvée par Sa' de Miranda et ranimée par son génie [1]. Chez un esprit qui s'était si curieusement initié à la marche de l'art antique, le choix ne pouvait être douteux; Antonio Ferreira se soumit complètement aux exigences de la comédie érudite; mais sous cette forme il devina l'élément le plus fécond de l'art moderne, il comprit qu'il fallait analyser les mouvements les plus secrets de la passion, pour jeter l'enseignement philosophique au milieu du rire un peu bruyant de l'intermède et de l'*auto*. Il le fit d'une manière imparfaite, sans doute, et cependant la comédie de caractère fut trouvée.

Il est assez difficile de préciser l'époque à laquelle *le Jaloux* fut composé; il est plus malaisé encore de dire où cette pièce fut représentée. Ce qu'il y a de positif, c'est que Ferreira donna cette comédie fort postérieurement au *Bristo*, qu'il dédia, comme il nous l'apprend lui-même, à un des fils de Jean III, et qu'il composa, dit-il, pour charmer les loi-

(1) La première pastorale de Gil Vicente, qui peut être considérée comme une espèce d'*auto*, date précisément de 1502. Juan del Enzina l'avait précédé en Espagne de bien peu d'années. Je ne sais plus trop quel est le vieux chroniqueur qui raconte que Ferdinand et Isabelle (*los reyes*) établirent la même année, vers 1492, le théâtre et l'inquisition.

(1) Le pieux D. Henrique, le cardinal-roi, assistait aux pièces de Sa' de Miranda, comme les éminences de Rome aux comédies de Bibiena. Jean III se chargea d'un rôle probablement dans une des pièces sérieuses de Gil Vicente, et le Bristo de Ferreira fut spécialement composé pour les étudiants de Coïmbre.

sirs que lui laissaient ses études. Le *Bristo* fut joué à Coïmbre par les élèves de l'Université. On peut supposer que cet honneur, bien mieux mérité, fut fait plus tard au *Jaloux*.

A l'époque où parut le *Cioso*, selon toute probabilité, Antonio Ferreira avait déjà donné l'*Inez*; il avait déjà acquis cette grace épurée, cette combinaison savante du style qui le fait considérer comme un des premiers écrivains portugais. Bien que *le Jaloux* soit écrit en prose, forme qui paraît moins familière au poète que le vers libre qu'il avait été le premier à introduire en Portugal, on remarque une habileté dans le dialogue et dans l'expression qui ne se rencontre, on peut l'affirmer, chez aucun poète dramatique de cette époque.

Estienne Jodelle et Antonio Ferreira étaient contemporains [1], et *le Jaloux* dut être représenté en Portugal à peu près vers l'époque où l'on joua l'*Eugène*. Cependant je serais tenté de croire que l'étrange comédie du sieur du Lymodin, précéda de quelques années *le Jaloux*. Ceci, du reste, ne saurait tirer à conséquence pour l'histoire littéraire du seizième siècle, et mon opinion tient bien plus au caractère reconnu des deux poètes qu'à une certitude chronologique. Les biographes de Ferreira nous instruisent du soin minutieux qu'il mettait à corriger ses œuvres [2]. Chaque phrase témoigne, dans sa poésie surtout, du choix scrupuleux des expressions; en dépit d'une facilité étudiée, on peut surprendre chez lui les laborieuses incertitudes de l'écrivain qui fonde, d'une manière durable, la langue dans laquelle il écrit, et l'on nous avertit que tout son âge mûr fut employé à la correction des écrits de sa jeunesse. Il n'est guère probable qu'une comédie à laquelle il devait attacher une certaine importance littéraire ait été livrée au public de choix, pour lequel elle était composée, avant qu'il lui eût donné toute la perfection de style jugée indispensable. Or, ceci ne dut arriver que dans la seconde moitié du seizième siècle. Aucune préoccupation de ce genre ne semble troubler Estienne Jodelle; il est peu soucieux des harmonies de la langue, et il fait peu de chose pour elle; il le sent bien, l'instrument sera brisé; aussi le drame est-il livré à son auditoire aussitôt qu'il est composé. Bien que le poète fasse partie de la pléiade, on ne remarque en lui aucun soin apparent du style et même de la composition; comme il est à peu près sûr de son public, il prend ses aises avec lui. Écoutez plutôt Charles de la Mothe, son ami et son biographe; il se complaît à nous dire ces prodiges de rapidité. « La plus longue et difficile tragédie ou comédie, assure-t-il, ne l'a jamais occupé à la composer plus de dix matinées; même la comédie d'*Eugène* fut faite en quatre traites. » Au bout des siècles il s'en faut bien que cette merveilleuse facilité, qui a tant enchanté les contemporains, soit toujours un motif pour admirer l'œuvre en supposant même qu'il en soit encore question [1]. La première comédie régulière qu'on ait jouée en France n'est plus qu'une curiosité littéraire ignorée de presque tous; la pièce d'Antonio Ferreira est demeurée un chef-d'œuvre sous le rapport du style; comme pièce dramatique consciencieuse, bien qu'elle soit incomplète, elle fait ce qui n'était pas arrivé encore, elle analyse une passion et signale la vraie comédie.

Disons un mot du système de traduction que nous avons cru devoir adopter. Bien qu'elle développe un caractère, la comédie d'Antonio Ferreira appartient à la classe des comédies érudites. Ainsi que je l'ai fait remarquer en plus d'un endroit, l'imitation de Plaute et de Térence s'y montre sans déguisement. On sait du reste qu'on en peut dire presque autant de tous les poètes dramatiques italiens de la même période. Soit désir d'un rapprochement plus complet des anciens, soit que ce fût un parti pris dans les universités, la forme érudite comportait avec elle le tutoiement de tous les personnages, sans acception d'âge ou de rang. Bien que nous approuvions ceux qui agissent librement à cet égard, lorsque la pièce est traduite du latin, nous n'avons pas cru, dans la traduction d'une langue moderne, devoir changer la forme adoptée par l'auteur.

FERDINAND DENIS.

(1) Ces deux poètes moururent tous deux à quarante et un ans, Ferreira en 1569, Jodelle en 1573.

(2) Diogo Bernardes s'écrie, en parlant de Ferreira qui vient de mourir:

Ah bom cultor da musa Portugueza.

(1) Je suis bien loin de refuser toute espèce de mérite à la pièce de Jodelle: elle est amusante, et c'est une curieuse peinture des mœurs du temps; d'ailleurs il y a chez notre vieux dramatique une certaine liberté d'allure précieuse pour ce siècle d'imitation et d'originalité à la fois. Il dit dans le prologue:

L'invention n'est point d'un vieil Ménandre;
Le style est nostre et chacun personnage
Se dit aussi estre de ce langage.

Ceci était évidemment une réaction contre les formes étrangères de la comédie érudite, et le panégyriste du poète a soin de prévenir « que si l'on trouvoit en luy aucun trait que l'on peut reconnoître aux anciens ou autres précédens luy, ça été par rencontre et non par imitation. » Cependant Jodelle, malgré ses personnages, ne peut pas encore décliner complétement l'influence des comiques anciens. Comme dans le *Cioso*, la jalousie est le mobile principal de la pièce; mais cette passion est un accessoire et le caractère reste encore à peindre.

LE JALOUX

COMÉDIE.

PERSONNAGES.

BROMIA, nourrice.
JULIO, mari de Livia.
LIVIA, femme de Julio.
ARDELIO, page.
JANOTO, page.
CLARETA, femme de chambre.
CÉSAR, père de Livia.
BERNARDO, jeune Portugais.
OCTAVIO, jeune Vénitien.
FAUSTINA, courtisane.
PORCIA, matrone, mère de Livia.
VALERIO, vieillard vénitien.
INACIO, vieillard portugais.

La scène se passe à Venise.

ACTE PREMIER.

SCÈNE I.

BROMIA, *seule.*

Hélas! hélas! quelle justice rendent les hommes! Jésus! comment la police ne surveille-t-elle pas les jaloux de même que les fous? Il y a des fous qui ne font pas tant de mal. Ma pauvre Livia, ma fille et ma maîtresse, toi que ce sein a nourrie, devais-je t'élever pour une si triste destinée! L'amour devrait disparaître de ce monde, si c'est, comme ils le disent, de l'amour que viennent tant de malheurs! Pour moi je ne puis concevoir comment il en peut naître des actions de haine et de cruauté! Cette maudite union, qui a pu la faire réussir? est-ce un bon père?.. Mauvais père! mauvais père! malencontreux mariage!.. Tu as estimé davantage l'argent que ta fille. Que pouvais-tu espérer d'un fou élevé sans père, en tavernes et en mauvais lieux? Maudites soient ses richesses et ses amitiés, puisqu'elles nous sont si funestes! A quoi servent les richesses sans un homme digne de ce nom? un homme tout seul ne leur est-il pas préférable? Avoir ou ne pas avoir c'est là ce qui forme ou ce qui défait toutes les unions. Combien de fois n'ai-je pas entendu dire à ma mère, à qui Dieu pardonne: — Ma fille, dès le moment où l'or l'emportera sur les gens, fourre-toi dans une caverne! — Et je le ferais comme elle disait, si je pouvais me décider à laisser Livia toute seule; mais c'est une chose impossible; je l'ai élevée, je me déterminerai à mourir avec elle; au train dont les choses vont, cela ne tardera guère. Il ne se passe pas un jour, pas une nuit que le malheureux ne la jette sans sentiment sur le plancher, de manière à faire croire qu'elle n'en saurait revenir. Personne ne peut lui échapper dans la maison et tout le monde doit sentir sa colère.

SCÈNE II.

JULIO, BROMIA.

JULIO, *sans la voir.*

Nous verrons qui est-ce qui sera le plus fort ici, et si je dois vivre avec vous ou vous avec moi.

BROMIA.

Voilà qu'il vient. Ah! le malheureux! il s'est fatigué à quereller sa femme et il vient se délasser avec moi.

JULIO.

Qu'est-ce que c'est que tout cela, bonne vieille?

BROMIA.

Que me veux-tu?

JULIO.

Ah! la bonne garde, la digne gouvernante!

BROMIA.

Ah! Julio!..

JULIO.

A qui je me confie, sur laquelle je me repose du soin de mon honneur!

BROMIA.

Ah! malheureuse! que t'ai-je fait?

JULIO.

Rien, je plaisante.

BROMIA.

Réponds, encore un coup, que t'ai-je fait?

JULIO.

Je dis tout cela par passe-temps...

BROMIA.

Que Dieu te donne tel passe-temps à mon âge, si jamais tu y viens; mais puisse-t-il ne te point laisser arriver jusque là!

JULIO.

La peste! je ne dois donc pas vivre?

BROMIA.

Tu as déjà plus vécu que tu ne le mérites.

JULIO.

N'aurai-je jamais une maison comme les autres?

BROMIA.

Sois comme tout le monde; à qui est-ce la faute?

JULIO.

N'aurai-je jamais une femme comme les autres femmes?

BROMIA.

N'aura-t-elle jamais un mari comme tant d'autres en ont?

JULIO.

Qui craignent et qui respectent leurs maris.

BROMIA.

Dont les époux agissent avec amour et considération.

JULIO.

Qu'est-ce que tu radotes?

BROMIA.

Que n'es-tu aussi bon mari pour elle qu'elle est bonne épouse pour toi?

JULIO.

C'est elle qui devrait être aussi bonne femme que je suis excellent mari!..

BROMIA.

De bonne foi, en mérites-tu une semblable?

JULIO.

Qu'est-ce que c'est?

BROMIA.

Que lui trouves-tu à redire? de quoi as-tu à te plaindre? pourquoi la fais-tu mourir et moi avec elle?

JULIO.

Mais ne dirait-on pas que je suis de pierre ou de bois?

BROMIA.

Tu es bien pis!

JULIO.

Est-ce ainsi qu'on se moque de ce que je fais? est-ce ainsi qu'on exécute ce que j'ordonne?

BROMIA.

Ah! Julio, combien tu dois à Livia, et que tu en es peu reconnaissant!..

JULIO.

Je m'en vais de la maison; je laisse les fenêtres fermées, les jalousies baissées, les portes verrouillées; je demande, je prie, j'ordonne qu'on n'y touche point jusqu'à mon retour; voyez si cela sert à quelque chose!

BROMIA.

Comme il est malheureux!

JULIO.

Je reviens et je découvre à l'instant qu'on m'a désobéi. Les fenêtres mal jointes indiquent qu'on vient de les baisser et le jour entre tout brillant par les jalousies.

BROMIA.

Devons-nous donc toujours vivre en captivité?

JULIO.

Oui.

BROMIA.

Pourquoi?

JULIO.

Parce que je le veux.

BROMIA.

Cela suffit.

JULIO.

Ne suis-je point roi dans cette maison? n'observerez-vous jamais les lois que j'impose?...

BROMIA.

Les autres femmes vivent-elles ainsi?

JULIO.

Les bonnes femmes n'ont pas d'autre manière de vivre.

BROMIA.

Tu te trompes et tu te trompes bien fort!

JULIO.

Les gens prudents agissent comme moi.

BROMIA.

Et pourquoi Dieu a-t-il fait le jour?

JULIO.

Pour les hommes.

BROMIA.

Le jour n'est pas fait pour les femmes?

JULIO.

Non; il suffit qu'elles aient dans leur appartement une chandelle; elles ne sont point nées pour les affaires du dehors.

BROMIA.

Ce sont vous autres hommes qui leur avez imposé cette loi, et il ne manque point, ma foi! de maris dans le monde qui sont gouvernés par leurs femmes.

JULIO.

Je ne veux pas être du nombre, et c'est à quoi je travaille.

BROMIA.

Et si tu la laisses enfermée dans un entresol obscur, sans jalousies et sans fenêtres, que crains-tu des jours sur la rue?

JULIO.

Mais, méchante vieille, il ne suffit pas dans ce monde d'avoir de la vertu, il faut encore qu'elle soit à l'abri de tout soupçon.

BROMIA.

Toutes les fenêtres que tu vois ouvertes te font-elles donc naître des soupçons?

JULIO.

Toutes.

BROMIA.

Et les femmes honorables qui vont et viennent, qui se rendent aux églises ou qui vont chez leurs amies?...

JULIO.

Sur celles-là j'ai plus que des doutes.

BROMIA.

Quel juge de vertus!

JULIO.

Celles à qui l'on accorde plus de licence qu'il ne convient désirent toujours au-delà de ce qui est véritablement convenable, et les maris à qui cela arrive méritent vraisemblablement leur sort.

BROMIA.

Ton père en agissait-il ainsi?

JULIO.

Il n'avait pas une femme à qui il fallut d'autre garde que sa propre volonté.

BROMIA.

Mais n'as-tu pas une femme de qui celle-là et toutes les autres pourraient apprendre ce que c'est que l'honneur, la vertu et l'honnêteté?

JULIO.

Elle le prouve bien!

BROMIA.

Ne fait-elle pas davantage que de dissimuler tes torts, en souffrant la plus dure captivité sans se plaindre à Dieu ni aux hommes?

JULIO.

Qu'elle s'en garde bien, parce que...

BROMIA.

Cœur de pierre!

JULIO.

Elle ne se plaindra point.

BROMIA.

En vérité cela serait bien difficile.

JULIO.

Une femme, de propos délibéré, vouloir déshonorer son mari!

BROMIA.

Tu te déshonores, toi, et elle en même temps.

JULIO.

Je ne puis entendre parler de cornes sans que le rouge me monte au visage.

BROMIA.

Puissent les jours de ta vie être courts et fâcheux! Quelle est sa faute dans tout cela?

JULIO.

Je veux aller partout la tête levée et c'est ce que je ne puis pas faire.

BROMIA.

Qui t'en empêche?

JULIO.

Mes péchés, qui sont cause que je me suis lié si misérablement.

BROMIA.

Te venges-tu d'eux ou de toi, que tu t'es marié?

JULIO.

Allons, en voilà assez; je ne sais si tu attends que je fasse tapage, comme cela arrive toutes les fois que je sors de la maison.

BROMIA.

Cela n'est pas très nécessaire.

JULIO.

Que prétends-tu dire? je recommencerai si cela me fait plaisir.

BROMIA.

Tu le voudrais, mais tu ne le peux point.

JULIO.

Je me rappelle maintenant que la senhora s'est excusée devant moi de la visite de sa mère. J'entends que ni père, ni mère, ni frère, ni parent, ni voisin, ni ami, ni amie, ni compère, ni commère, ni roi, ni reine, ni gens venant du paradis, n'entrent dans cette maison.

BROMIA.

Ce serait, par ma foi! un triste quart-d'heure pour eux s'ils venaient à la maison du diable.

JULIO.

Si la bonne fortune venait frapper à la porte, je ne voudrais pas même que tu lui ouvrisses.

BROMIA.

Tu peux bien être rassuré contre cela, je te le promets; il te faudrait d'abord chasser notre mauvais sort.

JULIO.

Qu'on ne dise pas ensuite: Un tel est venu, un tel a fait dire, l'on a été à la maison d'un tel.

BROMIA.

Maintenant je veux te parler raison. Ne veux-tu pas avoir de relations de voisinage, comme cela arrive à tout le monde?

JULIO.

Non.

BROMIA.

Tu n'useras pas de ces emprunts qu'on se fait entre voisins?

JULIO.

Non, non.

BROMIA.

Mais s'il était nécessaire de se procurer dans cette maison de l'eau, du feu ou toute autre chose, ou s'il arrivait qu'on en vînt demander du dehors, ne consentirais-tu pas à ce qu'on en allât chercher ou à ce qu'on en donnât?

JULIO.

Non. Je répète que je ne veux pas même de feu ici, et, s'il y en a dans la maison, j'ordonne qu'on l'éteigne à l'instant[1], afin qu'il n'y ait pas de prétexte pour qu'on en vienne chercher du dehors. L'eau... vous direz qu'elle s'est enfuie. Pour le mortier, le van, la chaudière, et tout ce qui ne sert qu'à nous faire importuner des voisins, vous direz qu'il n'y en a plus ici et que les voleurs sont venus nous en débarrasser.

BROMIA.

Qui croira cela?

JULIO.

Qu'ils aillent se pendre s'ils ne le croient pas! je ne veux que personne entre dans ma maison pendant que je suis dehors. Par l'ame de mon père! n'y parviendrai-je point?

BROMIA.

Je ferai plus; je dirai et je publierai que cette maison est excommuniée et qu'on ne peut pas communiquer avec elle.

JULIO.

Oui, c'est cela, dis qu'elle est excommuniée et qu'on y meurt de la peste; dis aussi que tous les diables s'y démènent, ou bien qu'elle est ensorcelée de telle sorte que ceux qui y entrent sans ma permission meurent à l'instant.

BROMIA.

Oh! je te le promets; après ta mort tous les démons d'enfer n'en sortiront plus!

JULIO.

Qu'est-ce que tu dis?

BROMIA.

Je dis qu'il ne faut pas que tu te plaignes de ce que tu trouveras à manger, puisque tu ne veux ni eau ni feu.

JULIO.

Je voudrais la tranquillité.

BROMIA.

Oh! je crois bien que tu viens de là-bas fatigué de bons repas. La pauvre Livia, elle, je ne la vois pas se rassasier de ses larmes!

JULIO.

Nous verrons; quand elle aura ton âge il se pourra que je la laisse sortir.

BROMIA.

Grand bien lui fasse jusque là, et l'espérance est belle!

JULIO.

Je lui veux plus de bien que tu ne penses.

BROMIA.

On le voit aux procédés.

JULIO.

Allons, je m'en vais.

BROMIA.

Mon Dieu! puisses-tu ne jamais revenir!

(*Elle sort.*)

SCÈNE III.

JULIO, *seul.*

Ah! que de peine il m'en coûte pour sortir de cette maison! mon corps va dans les rues et mon ame reste en sentinelle, espionnant les fenêtres. Ce qui me fait le plus porter d'envie aux rois et aux princes, c'est qu'ils sont assez heureux pour que les gens d'affaire et les passe-temps viennent les trouver dans leurs habitations. Si je ne craignais pas d'introduire une coutume par trop nouvelle, je fermerais les portes et je ferais mettre quelques traverses à ces fenêtres; mais à cause des sots il faut que cela reste comme cela est. Je ne garderais pas comme mon trésor mon honneur et ma renommée?... Ils en rient, les aveugles; ils ne voient pas quelle différence il y a entre une femme et une bourse; ils meurent sur un peu d'or trouvé en terre, ils creusent pour l'obtenir, ils le cachent. Ils veillent sur lui, ils le gardent comme une relique et ne se permettent pas même d'y toucher; et la femme, qui est bien un autre trésor, ils la dédaignent, ils semblent l'offrir aux larrons; ils appellent impertinent un homme d'esprit qui estime sa femme, qui est éperdu d'amour pour elle; gens peu expérimentés dans les choses de ce monde, ces fausses idées n'entrent que dans vos maudites cervelles! Qui a parcouru et qui a bien vu les terres étrangères agira comme je le fais. Oh! que l'expérience est bonne maî-

(1) On reconnaît facilement dans le cours de cette scène l'imitation de Plaute :

Cave quemquam alienum in ædeis intromiseris
Quod quisquam ignem quærat, extingui volo, etc.

tresse! C'est pour cela que cet auteur avait tant raison de dire : que les gens d'esprit recevaient plus des sots que les sots des gens d'esprit. Les hommes sans jugement m'ont instruit et je n'en trouve pas un seul qui veuille être instruit par moi. Laissons vivre à leur manière ces personnages si sûrs d'eux; je ne prétends me confier qu'à moi et à mes propres yeux; ce n'est pas encore une garde trop sûre, mais je n'en ai pas d'autre... Ma femme, depuis le moment où elle est venue avec moi aux portes de l'église, ne doit sortir que pour entrer dans la fosse. Si je meurs le premier, et qu'elle soit assez heureuse pour cela, alors elle pourra mener joyeuse vie. Je puis croire au moins que mes enfants sont les miens; quant aux autres, leurs femmes le savent. Et cependant, au moment où je fais la garde la plus exacte, il me semble, comme si c'était un fait exprès, que je vois continuellement passer par cette rue les galants, les amoureux, les fainéants, les gens à figure suspecte, et que j'entends davantage les tapages qui se font ordinairement durant la nuit, les cris, les concerts et mille autres inventions, tandis qu'il ne se passe rien autre part. Où a-t-on jamais vu de la fumée sans feu? Et puis, les yeux ne se baissent pas toujours... Je l'avouerai, je préfère ceux de Faustina! Encore, si j'étais assez heureux pour la voir... Mais à quoi bon? depuis mon mariage toutes les femmes me fuient, toutes semblent me détester. Oh! en quels soucis se mettent les hommes!.. Il faut que je me rappelle comment je laisse les portes.

SCÈNE IV.

JULIO *sort; entrent* BROMIA *et* LIVIA.

BROMIA.

Voilà le mari parti; tu peux sortir.

LIVIA.

Ah! ma chère nourrice! ma seule amie! quelle existence! En quelle prison m'a-t-on mise? Quelle captivité! En quel pays de Maures et d'infidèles m'ont-ils conduite?

BROMIA.

Ne pleure pas, senhora; ils l'entendront.

LIVIA.

Que je ne pleure pas! et c'est toi qui me le recommandes?

BROMIA.

A quoi cela sert-il, malheureuses que nous sommes? Pourquoi pleurer? on ne peut remédier à rien avec des larmes.

LIVIA.

Elles me soulagent du moins. Ouvre-moi les portes; je veux m'en aller par tout le voisinage, criant comme une insensée...

BROMIA.

Tais-toi, pour l'amour de Dieu, tais-toi; on t'entendra.

LIVIA.

Oui, qu'on m'entende, qu'on me voie, qu'on me porte secours...

BROMIA.

Livia, de la prudence!

LIVIA.

Je veux m'en aller par les rues et par les places, appelant, jetant les hauts cris, demandant qu'on fasse justice de moi, de mon père et de celui qui me fait mourir.

BROMIA.

Et pourquoi demander justice contre toi?

LIVIA.

Parce que j'ai été assez sotte et assez imprudente pour obéir à mon père, refusant de me marier à Bernardo, qui m'aurait emmenée en Portugal sans exiger autre dot que ma personne.

BROMIA.

Ne te repens pas; il vaut mieux mener une vie un peu moins heureuse dans sa patrie que de jouir du bonheur loin d'elle.

LIVIA.

Et tu appelles cela vivre?

BROMIA.

N'as-tu jamais entendu dire, ma fille, qu'une jeunesse malheureuse est encore préférable à la vieillesse jouissant du genre de satisfaction qui lui convient?

LIVIA.

La vieillesse! que Dieu me fasse mourir avant que j'y parvienne!

BROMIA.

Que la Providence te garde de semblables pensées, mon enfant!

LIVIA.

Oh! combien ma jeunesse a été mal employée! combien l'on a fait peu de cas de ma personne!

BROMIA.

Livia!...

LIVIA.

O ma chère Bromia! ma bonne vieille nourrice, toi qui m'as élevée, comme je te paie de tes soins!

BROMIA.

Livia!... ma fille!...

LIVIA.

O mon père! il m'a vendue. Ce n'était point me marier que de me livrer à une captivité semblable!

BROMIA.

Ne te fais pas mourir toi-même, ne te plains pas de ce que Dieu a voulu. Au moment où tu y songeras le moins, il te favorisera.

LIVIA.

Bernardo! Bernardo! pourquoi suis-je la cause de tout cela?

BROMIA.

Ce Portugais te tourne vraiment la tête.

LIVIA.

Au moins il ne me trompa point.

BROMIA.

J'ai déjà entendu dire qu'ils savent mieux feindre, en ce pays, les larmes que nous-mêmes.

LIVIA.

Je les voyais couler de ses yeux, et elles exprimaient la vérité; elles me promettaient, hélas! ce à quoi je n'étais point destinée.

BROMIA.

Et qui te dit que tu n'aurais pas mené la même existence loin de ta mère?

LIVIA.

De celui qui m'aimait tant une chose semblable n'était pas à craindre.

BROMIA.

Plus l'amour est grand, dit-on, plus il conduit à de terribles extrémités.

LIVIA.

Et qui dit cela?

BROMIA.

Ton mari. Il assure que le vif amour qu'il te porte est précisément la cause du soin qu'il met à te garder.

LIVIA.

Plût à Dieu qu'ils l'eussent, cet amour, et qu'ils le montrassent à mon égard comme on devait le faire paraître!

BROMIA.

Tu demeures renfermée ici et tu ne sais pas ce qui se passe dans le monde? Il ne doit pas être le seul de son espèce; j'ai entendu parler d'autres hommes qui lui ressemblaient.

LIVIA.

Tu me donnes là de belles consolations.

BROMIA.

Ma fille, à celles dont les maux sont sans remède on ne peut pas en donner d'autres.

LIVIA.

Oh! je perds à la fin patience! Malheureuse, fille trompée et sans expérience, dans quel lieu aurai-je pu me retirer, où, si je n'avais pas vécu heureuse, je ne serais pas morte du moins?

BROMIA.

Et ta mère, combien elle est à plaindre! tu lui as déjà coûté tant de larmes! car elle a toujours refusé de donner son consentement à ce maudit mariage.

LIVIA.

Elle connaissait ce démon cependant; elle le connaissait!...

BROMIA.

Il me semble que j'entends frapper à la porte.

LIVIA.

Hélas! vois si c'est lui; il avait déjà bien tardé.

BROMIA.

Enfuis-toi; c'est lui-même.

LIVIA.

Viens m'enfermer, Bromia, avant que tu ne lui ouvres. Oh! mort! qu'est-ce qu'une semblable existence?

SCÈNE V.

JULIO, BROMIA.

JULIO.

Bromia.

BROMIA.

Que veux-tu?

JULIO.

S'il vient un jeune Portugais ou quelqu'un de sa part, qu'on dise que je ne demeure pas ici.

BROMIA, *à part.*

Il revient soucieux.

JULIO.

M'entends-tu?

BROMIA.

Comment puis-je nier ce qu'il peut apprendre du voisinage?

JULIO.

Tu as raison. Dis-lui que je suis allé dehors.

BROMIA.

De la ville?

JULIO.

Non; réponds que le doge m'a envoyé appeler; ceci est plus vraisemblable. Tu lui annonceras qu'en rentrant j'ai reçu l'ordre de venir lui parler.

BROMIA, *à part.*

Qu'est-ce que c'est que ces nouvelles craintes?

JULIO, *à part.*

Pendant ce temps je m'en irai à la maison d'Alberto, et je m'arrangerai de cet anneau que je destinais à Faustina.

BROMIA.

Faut-il lui dire d'aller t'y rejoindre?

JULIO.

Oui, s'il veut; mais dis-lui plutôt que j'ai coutume d'y rester fort tard.

BROMIA.

Et qu'il revienne vers le soir?

JULIO.

Non. Que Dieu te confonde! je ne veux pas qu'il me trouve ici ni autre part.

BROMIA, *à part.*

On craint quelque chose. (*haut.*) Et s'il veut attendre ici?

JULIO.

Comment attendre? où doit-il attendre?

BROMIA.

Dans cette rue qui est publique; rien ne l'en empêche.

JULIO.

Maudite vieille, es-tu ivre? Dis-lui surtout qu'il n'attende point, que je ne le saurais souffrir.

BROMIA.

Je dois donc lui dire qu'il ne t'attende pas? que tu ne le veux point?

JULIO.

Je ne te dis point cela. Tu vas me retenir ici jusqu'à ce qu'il arrive.

BROMIA.

Eh! mais, que dis-tu donc?

JULIO.

Je te dis, à toi, que je ne veux pas qu'il m'attende ni qu'il entre ici. Je ne consens pas même à ce qu'il te parle.

BROMIA.

Comment l'en empêcherai-je?

JULIO.

Termine sur-le-champ la conversation; dis-lui: Il n'est point ici, et ferme à l'instant la fenêtre.

BROMIA.

Eh! si tu ne veux pas qu'il me parle, comment veux-tu que je lui réponde?

JULIO, *à part.*

Je n'ai jamais vu de vieille si entêtée et si maligne. Dieu me pardonne! je crois qu'elle le fait exprès. (*haut.*) Si tu peux t'empêcher de lui parler, ne lui parle point.

BROMIA.

Jésus! quelles cachotteries de voleurs est-ce cela? Si tu en disais davantage encore?

JULIO.

Il n'y a rien de plus. Je ne sais pas s'il en demandera davantage.

BROMIA, *à part.*

Si tu as quelque chose à démêler avec la justice, elle te découvrira bien.

JULIO.

Que vous en semble, vraiment? Ne m'est-il pas venu un très bon hôte, un gentilhomme espagnol, ou, Dieu me pardonne, portugais, jeune, dispos, pimpant? Menez-le donc à votre maison, montrez-lui votre femme, hébergez-le de nuit et de jour. Le digne Benedito pense que ce qu'il fait à Gênes je suis obligé de le faire ici. S'il est prodigue de sa femme, je suis avare de la mienne. Qu'il me recommande autre chose de bonne amitié, il me trouvera toujours prêt.

ACTE DEUXIÈME.

SCÈNE I.

ARDELIO, JANOTO, BROMIA.

ARDELIO.

Il n'y a pas son semblable au monde. Vraiment, c'est un homme magnifique[1]! Sa femme mérite d'être la maîtresse de Gênes; elle est belle, respectable, libérale, gracieuse!

JANOTO.

Je te crois maintenant, parceque dans ces sortes de choses la femme l'emporte toujours sur le mari.

ARDELIO.

Elle nous faisait plus de plaisir en se montrant une minute que si elle nous avait invités à des jeux et à des festins.

JANOTO.

Quant à moi, je voudrais de telle inclination le mari en ville et la femme dans la maison.

ARDELIO.

Elle est accoutumée à toute espèce de banquets. Benedito, comme je te l'ai déjà dit, est gros et gras, et ne passe pas un jour sans amener trois ou quatre convives.

JANOTO.

De quoi te plains-tu donc?

ARDELIO.

Je dis que j'ai maigri dans le bâtiment.

JANOTO.

Quel mal te tient?

ARDELIO.

J'étouffe de quelques souvenirs douloureux qui ne sortent point de là.

JANOTO.

Et c'est probablement de quelqu'un qui ne songe guère à toi.

ARDELIO.

Je sens plus les miens que ceux des autres.

JANOTO.

Il devrait y avoir un miroir public où les hommes pussent se voir.

ARDELIO.

Et pourquoi faire?

(1) Littéralement: C'est un Alexandre.

JANOTO.

Pour éviter les erreurs qu'il y a dans le monde.

ARDELIO.

A quoi bon, si chacun a des glaces dans sa maison ?

JANOTO.

Et si elles ne disent la vérité à personne?

ARDELIO.

Que le diable emporte ces vieilles amours qui reverdissent toujours !

JANOTO.

Pourquoi ?

ARDELIO.

Il voyait là-bas de jolies femmes, il leur parlait, et il n'en trouvait aucune qui méritât le nom de belle, en se rappelant Livia. Quand se rappellera-t-il son père qu'il y a cinq ans qu'il n'a vu?

JANOTO.

Il l'oublie?

ARDELIO.

Pour dire la vérité, quoique l'on rencontre une foule de jolies tournures dans ce pays et qu'il y ait les plus beaux yeux du monde, car tout le monde sait ce qu'est Gênes, je n'en ai pas rencontré qui puissent se comparer à ceux qu'elle a.

JANOTO.

Dis donc ceux qu'elle avait.

ARDELIO.

Pourquoi?

JANOTO.

Parce qu'elle n'en a plus.

ARDELIO.

Comment, elle n'en a plus !

JANOTO.

Tu sauras qu'elle ne voit plus...

ARDELIO.

Elle ne voit plus ?

JANOTO.

Elle ne voit plus ni le soleil, ni la lune, ni la terre, ni le monde. Appelles-tu cela voir ?

ARDELIO.

Grand Dieu, quel accident! Est-elle devenue aveugle?

JANOTO.

Son mari lui a arraché les yeux...

ARDELIO.

Il les lui a arrachés!

JANOTO.

Il dit qu'ils lui rendaient la vie trop dure.

ARDELIO.

Y a-t-il un être semblable dans le monde?

JANOTO.

Moi, je suis effrayé de te voir si bête !

ARDELIO.

Je te comprends maintenant; tu veux t'amuser à mes dépens.

JANOTO.

Depuis que la pauvre petite est mariée, elle est l'objet de tous les discours du voisinage.

ARDELIO.

Pauvre jeune personne!...

JANOTO.

Son mari est parvenu à un tel degré de bizarrerie qu'étant aveugle lui-même, il donne cette qualité aux autres.

ARDELIO.

De manière qu'ils l'ont fait mourir, au lieu de la marier?

JANOTO.

Ils n'en ont pas encore agi avec tant de bonté.

ARDELIO.

Qu'est-ce qu'il fait ? comment le nomme-t-on?

JANOTO.

Messer Julio.

ARDELIO.

Messer Julio ?

JANOTO.

Oui.

ARDELIO.

Négociant?

JANOTO.

Négociant.

ARDELIO.

Où demeure-t-il ?

JANOTO.

Ici, près de Saint-Marc, où nous allons.

ARDELIO.

Allons, n'en dis pas davantage, la chose est claire.

JANOTO.

Et pourquoi dis-tu cela?

ARDELIO.

Sais-tu où nous allions?

JANOTO.

A la maison de votre hôte, m'as-tu dit.

ARDELIO.

Sais-tu qui il est ?

JANOTO.

Comment le saurais-je, si tu ne me l'apprends pas?

ARDELIO.

L'hôte que nous allions chercher et a qui je t'ai dit que nous avions donné la lettre de Benedito pour nous recevoir...

JANOTO.

Eh bien?

ARDELIO.

Est ce messer Julio.

JANOTO.

Vraiment !

ARDELIO.

A moins que tu ne m'aies fait un mensonge.

JANOTO.

Chez quel diable d'hôte allions-nous et quels hôtes fâcheux lui arrivaient ! Il est fort heureux que nous nous soyons rencontrés ; je crois que vous seriez allés à l'auberge.

ARDELIO.

Nous étions étonnés en effet de la figure qu'il faisait en lisant la lettre.

JANOTO.

Vous connaissait-il ?

ARDELIO.

Pour nous du moins nous ne le connaissions pas.

JANOTO.

Quelles excuses vous a-t-il faites ?

ARDELIO.

Il ne nous a parlé ni fait d'excuses. Il a dit seulement qu'il allait causer avec quelqu'un, et nous, pendant que nous faisions nos dispositions, nous ne l'avons point revu.

JANOTO.

Et vous ne le verrez point.

ARDELIO.

Nous pensions qu'il était allé donner quelques ordres chez lui.

JANOTO.

Il aura dit qu'on vous refuse l'hospitalité et se sera enfermé sous mille clefs.

ARDELIO.

Comme il en agit avec sa femme ! Toutefois, allons-y.

JANOTO.

Je crois que c'est ici.

ARDELIO.

Sainte Marie ! c'est un vrai monastère. Et quelqu'un vit dans cette habitation ?

JANOTO.

Il y vit des gens faits de telle sorte qu'ils n'ont jamais vu le jour et n'ont même jamais entendu dire que la clarté existât dans ce bas monde.

ARDELIO.

Je frappe.

BROMIA.

Qui est là ?

ARDELIO.

C'est un message pour le seigneur Julio.

BROMIA.

Il n'est pas ici.

ARDELIO.

Ne peut-on paraître à la fenêtre ?

BROMIA.

Jamais, à moins qu'il ne soit là ; c'est la règle.

ARDELIO.

Qui que vous soyez, venez à la fenêtre.

BROMIA.

Que veux-tu ? je t'ai déjà dit qu'il n'était pas ici ; le doge l'a envoyé chercher.

ARDELIO.

Bromia, ne me reconnais-tu pas ?

BROMIA.

Hélas ! Ardelio, d'où viens-tu ?

ARDELIO.

Je sais tout, mais Dieu sait aussi tout ce qu'elle a perdu.

BROMIA.

Ton maître est-il ici ?

ARDELIO.

Il est arrivé ; mais s'il était instruit de tout cela...

BROMIA.

Nos péchés en sont la cause. Va-t-en, je ne puis te parler davantage.

ARDELIO.

Comment ! on souffre une chose semblable parmi des chrétiens ; on ne prend pas un fou comme celui-là pour le bannir ?

JANOTO.

Jamais personne ne passe par ici qu'il ne pleure sur l'une et ne maudisse l'autre.

ARDELIO.

Ah ! jeunes filles extravagantes, têtes à l'évent !

JANOTO.

Quelle faute a-t-elle commise ?

ARDELIO.

Mon maître n'était-il pas un homme avec qui l'on pouvait se risquer, plutôt que d'avoir toutes les sûretés du monde avec celui-là ?

JANOTO.

Il lui semblait qu'elle choisissait le plus sûr.

ARDELIO.

Mais les femmes sont ainsi ; quand on les demande, elles vous dédaignent ; quand on ne s'en soucie point, elles vous souhaitent.

JANOTO.

Je crois qu'il y a eu de la contrainte dans cette affaire.

ARDELIO.

Et le père, que dit-il ?

JANOTO.

Le père est un bon homme, mais il s'est trompé comme tant d'autres.

ARDELIO.

Si c'est un bon homme sans jugement, qu'il se fasse moine et ne se mêle point de marier des jeunes filles. Si c'eût été son frère...

JANOTO.

Elle a été malheureuse en cela.

ARDELIO.

Et encore il n'a point d'autres enfants!

JANOTO.

Ce sont les aveuglements de ce monde.

ARDELIO.

Retourne à la maison, va donner ces nouvelles. Pour moi, avant seulement de boire et de manger un morceau, je veux parcourir toute la ville jusqu'à ce que je le trouve. Nous verrons comment il s'excusera. J'aurai du moins le plaisir de lui faire un affront.

JANOTO.

Tu feras bien. Mais voici cette petite folle de Clareta; comme elle se hâte! Que va-t-elle faire ainsi?

SCÈNE II.

CLARETA, JANOTO.

CLARETA.

Janoto, ma rose!

JANOTO.

Clareta, mon œillet!

CLARETA.

Ouf! je suis sans haleine.

JANOTO.

As-tu vu quelque loup?

CLARETA.

C'est pis qu'un loup.

JANOTO.

Et pourquoi vas-tu si vite?

CLARETA.

Laisse-moi me reposer... Oh! le diable! oh! le malheureux!

JANOTO.

Qui?

CLARETA.

Celui qui est cause que je suis fatiguée ainsi.

JANOTO.

Et quel est-il?

CLARETA.

J'allais là, à cette maison, avec un message de Faustina, quand j'ai rencontré ce démon incarné qui, depuis son mariage, semble toujours piqué de quelque mouche.

JANOTO.

Ne me diras-tu pas qui c'est?

CLARETA.

Ah! Seigneur, combien un homme marié devient nonchalant!

JANOTO.

Je crois que tu te moques de moi.

CLARETA.

Attends un moment, je vais te dire tout.

JANOTO.

Et pourquoi ne le dis-tu pas?

CLARETA.

Je vous demande si ceux qui ont vu celui-ci, galant, petit-maître, aux manières polies, plus paré qu'une dame, pourraient le reconnaître maintenant, sale, maigre, mal mis; c'est pour cela que je fais le serment de ne me marier qu'avec un prince.

JANOTO.

Je m'en vais.

CLARETA.

Viens-çà. Je dis que ce démon de Julio, qui importune sans cesse Faustina....

JANOTO.

Eh bien! que t'a-t-il fait?

CLARETA.

Voulait me retenir en si longue conversation que je me suis enfuie de manière qu'il s'est lassé de me suivre.

JANOTO.

Que te disait-il?

CLARETA.

Il me faisait mille serments qu'il était sorti aujourd'hui de sa maison avec une bague de rubis magnifique, qu'il portait au doigt pour nous la donner.

JANOTO.

Je t'entends; et qui l'a empêché de faire son présent?

CLARETA.

Il assure que c'est elle qui s'est cachée pour ne point le recevoir.

JANOTO.

Et sans doute tu es chargée de certaines réclamations?

CLARETA.

Quelles réclamations?

JANOTO.

Que le diable vous emporte toutes, vous autres femmes, qui savez employer tant de subtilités!

CLARETA.

Fort bien, Janoto; et concevrais-tu quelque soupçon sur la fidélité de Faustina envers Octavio?

JANOTO.

Je ne soupçonne, grace à Dieu, que ce que je vois.

CLARETA.

Ne sais-tu pas que l'amour qu'elle lui porte lui fait haïr tous les autres hommes?

JANOTO.

La fin nous apprendra tout cela. Plût à Dieu qu'elle lui voulût du mal!

CLARETA.

Je crois, malgré tout, que le pauvre diable a la tête perdue.

JANOTO.

Que Dieu la lui rende!

CLARETA.

Pour Faustina veux-je dire.

JANOTO.

Tu en es sûre?

CLARETA.

Quelle demande! Elle a été jusqu'à me dire que, si je ne lui tournais pas le dos[1] partout où je le rencontrerais, elle ne me garderait pas davantage avec elle.

JANOTO.

Veux-tu que je croie cela?

CLARETA.

Oh! le mauvais personnage!

JANOTO.

Je suis tellement ton ami, que je le ferai pour l'amour de toi.

CLARETA.

Tous tant que vous êtes, vous n'êtes bons qu'à rompre les liaisons joyeuses.

JANOTO.

Et vous, vous entendez on ne peut mieux à les renouer.

CLARETA.

En voilà cependant un de plus qui pousse des soupirs inutiles.

JANOTO.

Que je meure, si tu ne peux point en compter encore un autre!

CLARETA.

Tu connais Raphaël Patricio; c'est un jeune homme galant et libéral qui vient de se brouiller tout nouvellement avec Laure.

JANOTO.

Quelle merveille!

CLARETA.

Eh bien! il se meurt, il pleure du matin au soir comme un enfant.

JANOTO.

Et Faustina est assez dure pour que ces larmes ne l'attendrissent point?

CLARETA.

Il y a ce fils d'un marchand biscayen qui a pleuré bien davantage et qui pleure encore aujourd'hui.

JANOTO.

Au définitif, quelle est la commission?

CLARETA.

Je te dis que le doge lui-même ne réussirait pas.

JANOTO.

Achève; je croirai tout ce que tu voudras.

CLARETA.

Ce n'est pas pour parler, mais il semble que ton maître ait jeté un sort sur elle. Je n'ai jamais vu chose semblable; elle ne peut rester une demi-heure sans le voir, et elle allait tout à l'heure lui rendre visite.

JANOTO.

Est-ce là tout?

CLARETA.

Quoi tout?

JANOTO.

Elle a raison, on dit que dans le tête-à-tête...

CLARETA.

Tu en sais plus qu'il ne faut.

JANOTO.

Tu viens en avant préparer les voies.

CLARETA.

Afin de te faire voir combien tu as une mauvaise langue, je ne veux point y aller; je te prie de lui dire que tu m'as rencontrée en chemin.

JANOTO.

Rien de plus?

CLARETA.

Et que Faustina le prie de venir la voir encore aujourd'hui.

JANOTO.

Il a chez lui quelqu'un; je ne sais s'il le pourra.

CLARETA.

Ne plaisante point; en vérité elle m'a chargée de cette commission presque en pleurant.

JANOTO.

Je la ferai aussi presque les larmes aux yeux. Je ne sais cependant comment tout cela tournera; elle prend droit le chemin de l'enfer, et elle ira se faire couronner à Rome, si elle fait ce que je pense.

CLARETA.

Je n'ai jamais vu de garçon plus malicieux que ce Janoto. Il se gardera bien de faire ce que je lui dis; mais il n'y manquerait point si je lui avais dit qu'on a promis une nuit à Julio aux dépens d'Octavio. Cet anneau cependant n'est pas à rejeter; Faustina ne sera pas si sotte; mais elle est éperdue d'amour pour cet autre; elle l'a vu avec de tels yeux et dans un moment si favorable, elle lui a trouvé tant de graces, que tous les autres lui semblent laids, maussades et mal bâtis. Je ne sais tout ce qu'elle lui a inspiré. Pour ma part, j'accroche ce que je puis. Il ne peut pas être si cruel que d'un moment à l'autre il ne laisse quelque chose à la maison. Il faut avouer que nous sommes bien sottes; tantôt nous volons tout le monde, tantôt nous nous laissons voler. Quel est ce vieillard? c'est sans doute le beau-père de notre ennuyeux personnage? En vérité, tout vieux qu'il est, je le préférerais à son gendre.

(1) Littéralement : Si je ne détournais pas les yeux en crachant.

SCÈNE III.

CESAR, *seul.*

Qui peut voir ce monde sans être émerveillé de ce qui s'y passe? Véritablement, lorsque l'on considère toutes les choses que Dieu a créées, on voit qu'elles remplissent parfaitement leur destination, excepté l'homme; il n'y a que nous qui allions au-delà des bornes de la nature. La raison parmi nous est tellement obscure ou si étrangement déguisée que nous ne la voyons pas, et qu'au moment où nous croyons la suivre nous nous en éloignons. Ce n'était pas ainsi autrefois. Maintenant c'est toujours le dernier jour qui est le pire. Dans ce bienheureux temps les choses allaient selon l'ordre naturel qu'elles doivent garder; les enfants étaient enfants, les jeunes gens étaient de vrais jeunes gens, enfin les vieillards étaient des vieillards. Maintenant tout va à rebours; les enfants veulent être des hommes, les jeunes gens sont des vieillards et les vieillards retournent à l'enfance. Et quand je me suis trompé, quand je me suis laissé aveugler, moi qui ai soixante ans sur le corps, des cheveux blancs, l'habitude des ruses de ce monde, l'expérience des coups de la fortune, que pourra-t-on dire, sinon que nous errons à l'aventure, sans guide, sans jugement? A quoi ai-je pensé de marier la seule fille que j'eusse? — Je lui fais éprouver le sort d'une veuve. Quand je croyais ajouter à son honneur, je la déshonore; quand je pensais l'enrichir et lui donner le repos, je l'appauvris et je la livre à la plus cruelle captivité. O vaines réflexions! aveuglement des choses de ce monde! hélas! celui qui croit se diriger le mieux va souvent comme le malheureux privé de la vue; celui qui fait le plus de projets dans cette vie est presque toujours celui qui s'aveugle le plus complètement, qui se trompe, qui se perd. Que ferais-je, ma fille? que ferais-je pour toi, ma chère enfant? pour toi que je regardais comme l'appui de ma vieillesse? Comment parviendrai-je à te faire sortir de cette affreuse captivité? Maudis-moi, demande justice à Dieu contre moi; je suis ton bourreau. Vieillard insensé! n'aurait-il pas été préférable qu'elle n'eût eu que ce que j'avais amassé pour elle, sans que j'allasse la livrer, elle et ce qu'elle possède, à un misérable qui la fait mourir et dissipe ses biens. Ne donnerais-je point tout ce que je possède et tout ce que j'avais pour te voir enfin rendue à la liberté, pour ne plus être témoin du scandale que tout cela donne au voisinage et de la manière dont on te plaint, pour ne plus entendre les cris de ta mère, les expressions douloureuses de son repentir, les pleurs qu'elle répand? O cupidité! combien tu as d'empire! Tu ne nous laisses aucun repos dans ce monde et tu nous retires la gloire qui peut nous attendre dans l'autre. Comment se garder de tes funestes effets? Les bons discours, les conseils, les avis le fixent encore davantage dans sa résolution. Comment en venir à bout? Que Dieu pardonne au vieux messer Julio; mais s'il existait encore, tu ne vivrais plus ou tu changerais de conduite. Que la Providence me pardonne également de m'être trompé par pure amitié et parce que le fils portait le nom du père. Si tout cela se passe ainsi, la faute en est à mes péchés; mais pourquoi souffrir ce que je souffre? pourquoi ne pas venger mon honneur et ma fille? N'y a-t-il pas ici une justice? ne suis-je pas au milieu des hommes? doivent-ils permettre ce qui se passe? faut-il que je meure au milieu de semblables angoisses? Que Dieu veuille enfin s'y opposer! Le voilà. J'agirai selon ce qu'il va me dire.

JULIO, *entrant sans voir César. Il regarde sa bague.*

Par quelle vertu cette pierre peut-elle faire naître l'amour où il n'existait pas? Ah! femmes, jamais l'on ne vous fait un signe que vous ne le compreniez; et l'on veut que je me fie à la mienne!

CÉSAR.

Ah! ah! voilà qu'il vient.

JULIO.

Si celle-ci me dit la vérité, jamais anneau ne fut mieux employé.

CÉSAR.

Quelles pensées roule-t-il encore dans sa tête? Que Dieu les rende meilleures qu'elles ne sont habituellement!

JULIO.

Je n'ai pas voulu aller, dès la pointe du jour, chez Fabricio, et d'ailleurs mon cœur ne m'en laissait pas le loisir. Je veux voir auparavant comment elles ont reçu mes hôtes; je ne sais même s'il est déjà venu.

CÉSAR.

Je vais l'aborder, car il prend un autre chemin.

JULIO.

Tout est bien de ce côté; je vais m'assurer du reste de la maison. Ah! ah! voici, ma foi! une autre affaire!

CÉSAR.

Bonjour, Julio.

JULIO, *à part.*

Il n'y a pas moyen d'éviter ce que veut la fortune. (*haut.*) Bonjour.

CÉSAR.

De quelle manière il me parle! Ah! que mes péchés me coûtent cher!

JULIO.

Vas-tu m'étourdir la tête comme de coutume?

CÉSAR.

Je te prie, Julio, de vouloir bien m'écouter un moment avec tranquillité.

JULIO.

Je t'écouterai bien un moment, mais je suis pressé.

CÉSAR.

Je te trouve toujours en si grandes affaires!

JULIO.

Et je te crois, moi, d'un caractère fort oisif.

CÉSAR.

Plût à Dieu que tu t'occupasses de son honneur!

JULIO.

Tu commences bien, si tu prétends que je t'écoute long-temps.

CÉSAR.

Qu'est-ce?

JULIO.

Bien; j'étais distrait; je pensais parler à mon hôte.

CÉSAR.

Reviens à toi; il semble que tu sois toujours absorbé.

JULIO, *avec distraction.*

Il serait capable de me tuer, s'il me rencontrait maintenant.

CÉSAR.

Moi, Julio, je te l'ai déjà répété plusieurs fois...

JULIO.

Il fallait t'en tenir à tes premiers discours.

CÉSAR.

Comme chrétien, et il n'y a pas de plus grande obligation au monde, j'étais forcé, de même que tu l'étais à mon égard, j'étais forcé, dis-je, de te reprendre dans tes erreurs cachées; mais cela devient bien plus indispensable, quand il s'agit de fautes commises publiquement et qui scandalisent le monde entier. Je dois t'en parler, sous peine de devenir aussi coupable que toi.

JULIO.

Continue.

CÉSAR.

Je t'ai si bien considéré comme mon fils que pour t'accorder Livia, je l'ai refusée, tu ne l'ignores point, à tout le monde, et cependant, avec toute l'amitié que je te porte, que dois-je faire?

JULIO.

Ce que tu fais; s'il y a de quoi tant raisonner.

CÉSAR.

Eh! voilà le mal. C'est qu'il n'y a que trop de raisons; c'est que tes yeux sont entièrement aveuglés; c'est qu'ils ne voient plus rien!...

JULIO.

Et que doivent donc voir mes yeux?

CÉSAR.

Ce que voient ceux de tout le monde.

JULIO.

Tu me parles toujours comme s'il était question de mort d'homme.

CÉSAR.

Tes fautes sont plus graves.

JULIO.

Tu me veux, en vérité, beaucoup de bien! Je crois que tu me conduirais volontiers à la potence.

CÉSAR.

N'est-ce pas en effet chose plus grave que tout le reste, que de faire mourir sa femme?

JULIO.

Vraiment oui.

CÉSAR.

Et pourquoi la fais-tu mourir sans raison?

JULIO.

Et toi, pourquoi viens-tu me conter cela sans sujet?

CÉSAR.

C'est tout le voisinage qui en parle; ce sont ceux qui t'entendent et ceux que je vois.

JULIO.

Ce que je fais dans mon intérieur, personne ne l'entend ni ne le sait, à moins que ta fille ne parle.

CÉSAR.

Lui en laisses-tu l'occasion? Si tu le pouvais, tu lui retirerais jusqu'à la pensée.

JULIO.

Ce que tu dis est, ma foi! bien la vérité.

CÉSAR.

Combien de fois t'ai-je dit!...

JULIO.

Combien de fois t'ai-je répondu!...

CÉSAR.

Ah! Julio!

JULIO.

Ah! César!

CÉSAR, *à part.*

Il faut dissimuler.

JULIO.

Je suis plus jeune que toi; je sais ce qui convient à mon honneur et au lien du mariage.

CÉSAR.

Comment l'entends-tu, et en quoi?

JULIO.

Tu n'es sûr de l'honneur que d'après ce que tu peux croire.

CÉSAR.

Je crois ce que je vois.

JULIO.

Et non ce que tu verras dorénavant!

CÉSAR.

Que verrais-je?

JULIO.

Le jugement, le calme, l'honnêteté que ta fille aura, quand en son temps elle sortira de cette épreuve.

CÉSAR.

Et quand arrivera ce temps, s'il n'est pas déjà venu?

JULIO.

Quand j'aurai de solides raisons pour me fier à elle.

CÉSAR.

Ces bonnes raisons, si tu ne les a pas eues jusqu'à présent, il me semble que jamais tu ne les auras.

JULIO.

En effet, si les choses ne vont pas mieux qu'elles ne se sont passées jusqu'à présent, je ne les aurai jamais.

CÉSAR.

Nous verrons! De quelle maison est-elle, de qui est-elle fille, où a-t-elle été élevée, pour que tu ne t'honores pas d'elle par le monde?

JULIO.

Je ne me suis pas déshonoré jusqu'à présent; mais je prends mes sûretés.

CÉSAR.

Comment, tu prends tes sûretés?

JULIO.

Tu es encore de ce bon temps où les femmes jouaient à la paume sur la place [1].

CÉSAR.

C'est bien ce qui me désole.

JULIO.

Maintenant les temps sont différents.

CÉSAR.

Oui, pour toi; car toujours les hommes honorables ont honoré leurs femmes et les ont traitées sur le pied d'égalité.

JULIO.

Est-ce que je déshonore la mienne?

CÉSAR.

Et en quoi penses tu l'honorer le plus?

JULIO.

Tu demandes de quelle manière?

CÉSAR.

Est-ce en donnant à parler d'elle aux oisifs?

(1) Littéralement : jouaient à l'alco. L'alco est une espèce de bâton long de deux palmes avec lequel on recevait une balle.

JULIO.

Comment cela serait-il, puisque tous mes efforts tendent à la garantir de l'infamie.

CÉSAR.

Ah! quelle est ton erreur! comment veux-tu qu'on n'attribue point des causes positives à de telles extrémités?

JULIO.

Il vaut mieux que l'on suppose que de pouvoir affirmer.

CÉSAR.

Je ne veux, moi, ni présomptions, ni certitudes; ne sais-tu pas que l'opinion est encore plus forte que la vérité? Et depuis quand vois-tu qu'il faille faire tant de cas d'une personne au visage maigre et abattu, et si peu de celle qui va tête levée comme Dieu l'ordonne?

JULIO.

Conformons-nous aux choses telles qu'elles sont.

CÉSAR.

Tu dirais bien si cela pouvait te servir en l'autre monde...

JULIO.

Mais dis-moi : à qui importe le plus mon honneur? est-ce à toi ou à moi?

CÉSAR.

Cela pourrait bien être à moi.

JULIO.

Te suis-je donc devenu tout à coup plus cher que je ne me le suis à moi-même?

CÉSAR.

Je reste ce je suis; c'est pour cela que je souffre et que je me désespère.

JULIO.

Moi, grace à Dieu, je ne suis ni fou, ni imbécile, et je me contente parfaitement de mon jugement.

CÉSAR.

Dieu nous a fait cette faveur à tous; chacun se contente en ce genre de ce qu'il a.

JULIO.

Je suis en état d'en remontrer aux vieux et aux jeunes, et de leur enseigner comment on en doit agir avec sa femme.

CÉSAR.

Attends-toi plutôt à ce que les jeunes gens te montrent comment tu dois vivre avec la tienne. N'auras-tu pas plus de confiance en ces cheveux blancs, et n'en croiras-tu pas un ami? A ton avis, n'ai-je point été jeune? n'ai-je point vu et observé? Ne sens-tu pas que l'amitié que je portais à ton père m'a engagé à cette alliance?

JULIO.

Ton propre intérêt t'y a forcé.

CÉSAR.

Cela se voit, en effet!

JULIO.

Et pourquoi me trompais-tu? t'ai-je jamais importuné?

CÉSAR.

Hélas! si quelqu'un est trompé, c'est moi. Tu m'as anéanti, tu m'as dérobé.

JULIO.

Tu te mets en colère, je crois?

CÉSAR.

Je ne me mets pas en colère, et si je m'y étais mis je serais déjà tout apaisé, car la faute en est à moi et il faut que je me résigne.

JULIO.

Voudrais-tu, César, que je laissasse aller ta fille par les places et par les boutiques, et que moi je me tinsse enfermé dans la maison?

CÉSAR.

Qu'il y a de bon sens dans ces exagérations!

JULIO.

Tout cela est fort bon; ma femme, en dépit du monde, vivra comme je l'entends.

CÉSAR.

Et moi, je suis messer César; j'ai un nom, une existence, et tant que je la conserverai ma fille doit vivre autrement.

JULIO.

C'est assez; tout cela vient d'elle, et nous retournons à la maison.

CÉSAR.

Si elle est libre, qu'elle vive libre; si c'est ta compagne, qu'elle ne soit pas esclave et encore pis. Pourquoi Dieu aurait-il fait la justice, si ce n'est pour le recours des bons et le châtiment des méchants?

JULIO.

Tu es un vieillard et je ne te réponds point.

CÉSAR.

Tout vieux que je suis... si certaines raisons ne m'en ôtaient pas la force... Mais nous sommes dans la rue.

JULIO.

J'ai plus de pouvoir sur ta fille que toi, et je ferai d'elle tout ce qui pourra me plaire... une esclave... une prisonnière mise sous les verrous.

CÉSAR.

La mesure est comble, et parbleu! je m'en réjouis. Si je vis, avant huit jours ma fille sera chez moi!

JULIO.

Et tu crois que tu obtiendras cela avec toutes tes menaces? (*à part.*) Est-ce que je ne fermerai pas enfin la bouche à ce vieillard qui ne me laisse jamais tranquille? Je marche dans la véritable voie de l'honneur, et, comme tout homme bon et prudent, j'essaie de tirer sa fille de l'infamie. Il semble à tout moment qu'il veuille m'arracher les yeux. Je n'entends plus tout cela, et ce qui vient de se passer me le fait enfin connaître; car jusqu'à présent, il m'avait parlé de si douce façon que ses manières étaient toutes différentes. La senhora sa fille lui donne cette hardiesse. Qu'il ne me fasse pas faire quelque folie, car j'aurais bien vite fait banqueroute pour me retirer à Chypre. Ces vieux radoteurs, qui commencent à tomber en enfance, ne savent bientôt plus distinguer le bien du mal, et veulent, en dépit de tous les diables, qu'on prenne leurs conseils. En vérité, cela me fait me défier encore davantage de la fille d'un homme qui a accordé tant de liberté à sa femme. Eh! combien y en a-t-il qui feraient ce que je fais, si les cornes sortaient par le front?

SCÈNE IV.

CÉSAR *sort, entre* ARDELIO.

ARDELIO.

Je suis à moitié mort de fatigue et je ne puis pas le découvrir; mais il ne m'échappera pas.

JULIO.

Quel est cet homme qui s'en va si pressé?

ARDELIO.

Ce qu'il y a de mieux dans mon affaire, c'est qu'il ne me connaît pas, qu'il ne m'a jamais vu, et que par conséquent il ne peut pas me fuir.

JULIO.

Je vais rentrer dans la maison avant qu'il ne m'aborde.

ARDELIO, *le reconnaissant.*

Eh! c'est lui qui rentre en son logis; ma foi! oui, c'est lui-même, et je suis heureux de la rencontre. Il faut que je l'attrape avant qu'il n'entre.

JULIO, *se retournant.*

Qui court après moi?

ARDELIO.

Oh! là, senhor!

JULIO.

Que veux-tu?

ARDELIO.

C'est toi que je cherchais.

JULIO.

Moi? Eh bien! me voilà.

ARDELIO.

N'es-tu pas messer Julio?

JULIO.

On m'appelle ainsi; et toi, à qui appartiens-tu?

ARDELIO.

A ce jeune Espagnol qui est venu te parler aujourd'hui.

JULIO, *à part.*

J'allais faire de belles affaires ! (*haut.*) Tu ne vois pas que je plaisantais ? Je ne suis point celui que tu cherches.

ARDELIO.

Ce n'est pas toi ?

JULIO, *à part.*

Me voilà dans un bel embarras.

ARDELIO.

Ne t'ai-je pas vu tout à l'heure dans le port ?

JULIO.

Moi ?

ARDELIO.

Oui, toi ; et mon maître t'a remis une lettre.

JULIO.

Quelle lettre ?

ARDELIO.

Oh ! en voilà d'une belle !

JULIO.

De quoi ris-tu ?

ARDELIO.

Il ne t'a pas remis une lettre de Gênes ?

JULIO.

Qui ?

ARDELIO.

Bernardo, un Portugais...

JULIO.

Quel Bernardo ? quel Portugais ?

ARDELIO.

De la part de ton ami Benedito.

JULIO.

Tu ne sais pas à qui tu parles ; de ma vie je n'ai été à Gênes. (*bas à part.*) Je suis perdu si je ne nie point ferme.

ARDELIO.

Tu te moques.

JULIO.

Et pourquoi me moquerais-je ?

ARDELIO.

Si tu as été ou non à Gênes, c'est ce que je ne puis savoir ; mais Benedito, ne l'as-tu jamais vu ?

JULIO.

Quel Benedito ?

ARDELIO, *à part.*

Oh ! l'impudent personnage !

JULIO.

Mon garçon, vois ; si tu cherches quelqu'un que je connaisse, je te mettrai sur ton chemin.

ARDELIO.

Qui m'indiqueras-tu, si tu me nies celui que je cherche ?

JULIO.

Mais qui cherches-tu ?

ARDELIO.

Toi-même.

JULIO.

Et qui suis-je ?

ARDELIO.

Le feu Saint-Antoine te brûle[1]. N'es-tu donc pas messer Julio, le Vénitien ?

JULIO.

Tout va s'expliquer ; ne crie pas.

ARDELIO

Qui demeure en ce logis ?

JULIO.

Je ne sais à qui tu en as. Je te dis que non.

ARDELIO.

Ce n'est pas ici que tu demeures ?

JULIO.

Et comment le sais-tu ?

ARDELIO.

Parce que je suis venu ici il y a longtemps, et que je te connais.

JULIO.

Comment peux-tu me connaître, si je ne t'ai jamais vu ?

ARDELIO.

Est-ce avec mes yeux ou avec les tiens que je devais te voir ?

JULIO.

Tu ne m'as jamais vu, te dis-je.

ARDELIO.

Ah ! gendre de messer César, tu ne m'échapperas pas ainsi.

JULIO.

Ne crie pas.

ARDELIO.

Car je le sais, tu es marié avec sa fille...

JULIO, *embarrassé.*

Que faire ?

ARDELIO.

Et ami de Benedito.

JULIO, *voulant s'échapper.*

Tu es fou.

ARDELIO.

Où vas-tu ?

JULIO.

Mon Dieu, que me veux-tu, toi ?

ARDELIO.

Pourquoi nier ton nom ? Si tu es celui que je cherche, Bernardo a certainement un logis.

JULIO, *avec impatience.*

Allons, va chercher celui que tu demandes, et laisse-moi.

(1) On a cru devoir traduire, par ce dicton fort usité au seizième siècle, ces mots : *eu te queimarci o sangue.*

ARDELIO.

Et peut-on, par hasard, te trouver en deux endroits différents?

JULIO, *à part.*

Quel malheur! je me vois poursuivi et je ne sais plus que faire.

ARDELIO.

De manière que tu dis, affirmes et confesses publiquement, dans cette rue, dans cette rue publique, que tu n'es point messer Julio.

JULIO.

Je dis que je ne te connais point, que je ne t'ai jamais vu et que je ne sais pas qui tu es.

ARDELIO.

En vérité, j'aurais cru que c'était lui; mais j'aime mieux te croire que d'en croire mes yeux.

JULIO.

Il n'y a rien de surprenant à cela; les yeux trompent si souvent.

ARDELIO.

Je n'ai pas encore vu une goutte de lait ressembler davantage à une goutte de lait, que toi à cet homme.

JULIO.

Si c'était moi, pourquoi le nierais-je?

ARDELIO.

C'est ce que tu dois savoir; mais le connais-tu?

JULIO.

Je l'ai entendu nommer.

ARDELIO.

Je crois qu'il n'y a point de plus mauvais homme au monde.

JULIO.

Ne médis pas des absents, je te prie.

ARDELIO, *à part.*

Il faut au moins que je me venge. (*haut.*) Si on faisait bonne justice, on devrait le chasser de Venise. C'est, à vrai dire, un infâme.

JULIO.

Et pourquoi?

ARDELIO.

Messer César est un vieillard imbécile de lui avoir donné sa fille.

JULIO.

Tu as le plus grand tort de parler ainsi des hommes de bien.

ARDELIO.

Et tu appelles Julio homme de bien?

JULIO.

Est-ce par hasard pour entendre cela que tu le cherchais?

ARDELIO.

Je ne sais pas qui tu appelleras un méchant homme. Le misérable!

JULIO.

Que t'a-t-il fait?

ARDELIO.

Qui fuit les hommes, pour que personne ne le puisse voir.

JULIO, *à part.*

Malheureux que je suis! Comment me tirerai-je de là?

ARDELIO.

Je m'étonne comment cette noble cité peut consentir à une telle conduite. Il faudrait lui enlever sa femme et la donner à qui en est digne.

JULIO.

Jeune homme, mon usage est de ne jamais écouter de médisances sur qui a pu les encourir; encore bien moins quand il s'agit de gens qui ne sauraient les mériter.

ARDELIO.

Mais ne disais-tu pas que tu ne le connaissais point?

JULIO.

Oui, pardieu! je le connais, et pour un fort bon homme, plein de jugement.

ARDELIO.

Alors tu ne le connais point.

JULIO.

Comment, je ne le connais point?

ARDELIO.

Un jaloux malaventureux, un défiant qui martyrise sa femme de nuit et de jour! Et tu le traites de bon et de prudent!

JULIO.

Il pourrait bien se faire qu'il le fût plus à lui seul que tous les hommes ensemble.

ARDELIO.

Il pourrait bien se faire que sa femme ne fût pas ce qu'il pense.

JULIO.

Et qu'est-ce qu'elle serait donc?

ARDELIO.

Dieu le sait. L'imbécile ne voit pas que ce qu'on garde le plus soigneusement est précisément ce que les autres désirent.

JULIO, *en colère.*

Va chercher qui t'écoute. (*à part.*) J'aurai quelque jour ma revanche, mais le mieux est de dissimuler maintenant jusqu'au bout.

ARDELIO.

Eh bien! si tu le connais et si tu le vois, dis-lui que Benedito lui envoyait, par cet ami qu'il semble fuir, certaines balles d'étoffes...

JULIO.

Des ballots d'étoffes; qu'est-ce que cela veut dire?

ARDELIO.

Qu'il cherche autant qu'on l'a cherché; on les lui remettra.

JULIO, *à part.*

Comment les avoir?

ARDELIO.

Bien qu'il méritât qu'on les lui niât comme il s'est nié lui-même.

JULIO.

Dis-moi tout cela pour que je puisse le lui dire.

ARDELIO.

Il le verra dans la lettre.

JULIO, *à part.*

J'ai été assez sot pour ne pas la lire jusqu'au bout.

ARDELIO.

Cependant elle a été écrite à la hâte, et il se peut que tout cela ait été confié de vive voix à Bernardo mon maître.

JULIO.

Et il ne les remettra pas?

ARDELIO.

Où et comment, si on ne le peut trouver?

JULIO.

C'est le fait d'un homme de bien de remplir les commissions qu'on lui donne.

ARDELIO.

Pour l'amour de Benedito il le fera sans doute, mais l'autre mériterait bien que la chose se passât autrement.

JULIO.

Tu es un mal appris.

ARDELIO.

Est-ce que tu lui es quelque chose?

JULIO.

Son ami seulement.

ARDELIO.

Comment! tu es l'ami d'un tel homme?

JULIO, *à part.*

Ma foi! je me repens déjà de la dissimulation.

ARDELIO, *à part.*

Je le fais mourir; son sang bouillonne.

JULIO, *haut.*

Mais il ne sera pas du tout content d'entendre cela.

ARDELIO.

Aussi je ne le dis pas pour que tu le lui répètes, cela ne serait pas bien, mais j'ai confiance en toi. Ne me diras-tu point où il demeure?

JULIO.

Et tu veux que je le découvre à ses ennemis?

ARDELIO.

Et qui sont-ils, ces ennemis?

JULIO.

Toi et ton maître.

ARDELIO.

Tu n'en sais rien.

JULIO.

J'ignore quel bien lui voudrait qui en médit si délibérément. Et ton maître, où demeure-t-il?

ARDELIO.

Ma foi! je ne te le dirai point. Cherche-le toi-même.

JULIO.

Je ne sais à quoi tient... (*à part.*) Mais non...

ARDELIO, *bas.*

Il en crève; il ne sait plus ce qu'il dit.

JULIO.

Voici ce qui me semble le mieux. Julio n'est pas maintenant ici, et l'on peut envoyer tout ce qu'on voudra chez Fabricio Colonna; c'est une maison tout aussi sûre que la sienne.

ARDELIO.

Voici un bel arrangement. Qui se nie soi-même niera bien mieux tout autre chose. S'il ne vient pas lui-même, en personne, recevoir devant témoins, et avec un papier notarié, il ne faut pas qu'il croie que rien puisse se faire.

JULIO.

Et si Fabricio se charge de tout cela?

ARDELIO.

Je ne sais pas ce que mon maître prétend faire; qu'on lui parle, et il répondra.

JULIO.

Tu as raison.

ARDELIO.

Et pour te récompenser de ce que je t'ai pu devenir un peu importun, je te donne le conseil de ne pas aller lui parler sans témoins et sans tabellion.

JULIO.

Je te remercie, et en raison de l'amitié que je lui porte, je me charge de cette affaire.

ARDELIO.

Il ne faut pas non plus qu'il tarde beaucoup; nous sommes en voyage.

JULIO.

Cela sera fait sur-le-champ. (*à part.*) Voyez quel désastre a failli arriver! Mais vraiment je crois que je lui ai persuadé que je n'étais pas moi. Je vais chez Fabricio le prévenir pour que l'affaire ne manque point.

ARDELIO, *à part.*

Bien, bien! tu t'éreinteras comme je me suis éreinté, et l'on a trouvé moyen de te faire tomber dans le panneau, comme tu prétendais le faire aux autres. A quel sot croyais-tu donc avoir affaire? J'ai plus tué de renards en ce monde que tu ne penses. Il y a vraiment de quoi faire une comédie; je donnerais je ne sais combien pour que Bernardo nous eût entendus. Jamais il ne me voudra croire... Mais quoiqu'il vienne de s'en aller, il ne me faut pas moins essayer si cette porte est d'entrée facile... J'ai démêlé des larmes dans les yeux de la vieille... Après tout il pourrait se faire que le mauvais état de ses yeux en fût cause.... Livia n'a jamais voulu de mal à Bernardo, mais elle a eu peur de son père; elle a de bonnes raisons maintenant pour se venger. (*Il réfléchit.*) Cependant il serait peut-être mieux de le suivre un peu et de voir s'il ne retourne point sur ses pas; mon assaut n'en sera que plus sûr et je prendrai pour munition le plaisir que je vais me donner.

(*Il sort.*)

SCÈNE V.

Entrent BERNARDO *et* OCTAVIO.

BERNARDO.

Autrefois mon cœur était si plein de Venise, que mes yeux la voyaient à chaque rencontre; c'était mon unique soulagement, et maintenant que je la contemple, je pleure et je me sens accablé.

OCTAVIO.

Ne t'abandonne pas à ces pensées; elles se dissiperont d'elles-mêmes.

BERNARDO.

Je ne sais, tant est vive en mon ame l'image de Livia; aussi long-temps que je vivrai elle me sera présente.

OCTAVIO.

Souviens-toi que tu la tenais pour morte, et elle mourra de même en ton cœur.

BERNARDO.

Mais c'est ce qui me la représente plus vivement; de cette angoisse mes yeux n'en peuvent plus.

OCTAVIO.

Elle est changée de telle manière, qu'elle te ferait peur si tu la voyais.

BERNARDO.

Cela ne peut être; c'était son ame qui avait mes amours.

OCTAVIO.

Son ame!

BERNARDO.

Qu'est-ce qui t'étonne?

OCTAVIO.

Tu ne veux pas que je sois surpris d'amours si nouvelles.

BERNARDO.

Eh bien! crois-moi, c'est le véritable amour, c'est le seul digne des hommes.

OCTAVIO.

Pour ma part, je ne puis m'éprendre que d'une taille bien faite et d'un gracieux regard.

BERNARDO.

Ceci n'est pas l'amour, mais son plaisir.

OCTAVIO.

Et toi, que voulais-tu de son ame?

BERNARDO.

Honneur, richesse, contentement.

OCTAVIO.

Tu voyais tout cela en elle?

BERNARDO.

Tout cela.

OCTAVIO.

Et comment?

BERNARDO.

Avec mes regards fixés sur les siens. Maintenant tu sais comment les ames se rencontrent et se parlent.

OCTAVIO.

En sorte, que peu t'importe de devenir la prison de ce corps.

BERNARDO.

Si fait, si fait; car je suis le corps de cette ame.

OCTAVIO.

Ma foi! je t'abandonne volontiers les ames de toutes les femmes de la terre, pourvu que tu me laisses l'enveloppe terrestre.

BERNARDO.

Tes idées sont différentes des miennes.

OCTAVIO.

Je ne saurais être si spiritualiste.

BERNARDO.

Il est clair que celui qui aime bien ne peut vouloir de mal aux beaux yeux qui l'affectionnent. Mais celui qui sait vraiment aimer met d'un côté le plaisir et de l'autre le vrai contentement. Si tu ne m'accordais cela, il y aurait, je crois, bien peu de constance dans le mariage.

OCTAVIO.

Comme tu l'entendais il y en aurait encore moins.

BERNARDO.

Comment?

OCTAVIO.

Tu l'as dit.

BERNARDO.

Ah! parce que les corps s'ennuyant une fois ensemble, les ames pourraient bien se détester. Je cherchais plus en Livia la pureté des sentiments que le plaisir.

OCTAVIO.

Que donnerais-tu pour la voir?

BERNARDO.

Pourquoi me le demander?

OCTAVIO.

Mais encore...

BERNARDO.

Pourquoi?

OCTAVIO.

Tu partiras avec cette satisfaction.

BERNARDO.

Mais elle, elle aura le chagrin de la séparation.

OCTAVIO.

Si elle t'a voulu quelque bien, elle sera repentante de sa faute.

BERNARDO.

C'est à cause de ces deux raisons que je ne la verrai pas.

OCTAVIO.

Tu l'aimes?

BERNARDO.

Je m'éloigne. Il vaut cent fois mieux qu'elle ne songe plus à moi ni moi à elle. Qu'elle vive! qu'elle se résigne et que Dieu change sa mauvaise fortune contre une meilleure!

OCTAVIO.

Tu passes par cette rue comme si tu ne la connaissais pas.

BERNARDO.

Je ne me la serais point rappelée si tu ne m'avais rien dit.

OCTAVIO.

Connais-tu ces fenêtres?

BERNARDO.

O maison, ô fenêtres si continuellement présentes à mes yeux! objets d'un souvenir si vif en mon ame!

OCTAVIO.

Imagine que tu les vois comme tu faisais jadis.

BERNARDO.

Oh! certes, j'y trouvais un autre charme et je les voyais avec une autre émotion.

OCTAVIO.

Tu crois peut-être qu'elle demeure ici?

BERNARDO.

Et où serait-ce donc?

OCTAVIO.

Avançons; voici la forteresse où est ta Livia.

BERNARDO.

Ici?

OCTAVIO.

Ici.

BERNARDO.

C'est ici que demeure Livia?

OCTAVIO.

C'est ici qu'elle demeure.

BERNARDO.

Mais cette maison a-t-elle au moins par-derrière un jardin ou une cour?

OCTAVIO.

Il y en avait; on les a détruits.

BERNARDO.

Mais pourquoi?

OCTAVIO.

Et les lucarnes ou les fenêtres qui donnaient par-là, on les a condamnées.

BERNARDO.

Oh! que j'en veux à tout le voisinage!

OCTAVIO.

Et que voulais-tu qu'on fît?

BERNARDO.

Comment! ce que je voulais qu'on fît? Est-ce votre coutume à vous autres d'agir ainsi? Il me semble au contraire que les femmes sont plus libres que les hommes.

OCTAVIO.

Pour dire la vérité, ceci est fort étrange.

BERNARDO.

Comment! cela est si étrange et on le souffre? O ma Livia! tu es dans cette prison! Que la fortune a mal répondu à tout ce que tu mérites!

OCTAVIO.

Il y a des femmes avec elle; et puis sais-tu ce que son mari a remarqué en elle, et s'il n'a pas surpris quelques larmes, quelques soupirs, quelques marques de dégoût ou de repentir qui l'aient engagé à cela?

BERNARDO.

Il n'y a point de prétexte à semblable conduite.

OCTAVIO.

Tu le prends à ton aise.

BERNARDO.

Qu'il la tue tout de suite ou qu'il la supporte.

OCTAVIO.

Voilà, ma foi! de belles extrémités!

BERNARDO.

Ne vaudrait-il pas mieux qu'il la fît mourir que de lui faire mener la pire vie qu'on puisse voir?

OCTAVIO.

Il faut qu'il ait conçu quelques soupçons.

BERNARDO.

Il faut bien cependant que ceux qui se marient, principalement ceux qui épousent une jolie femme, désirée du plus grand nombre, fassent leur compte eux-mêmes qu'elle pourra bien à son tour songer à un autre.

OCTAVIO.

Que veux-tu qu'il fasse à ce compte?

BERNARDO.

Les gens de peu de sens et d'esprit vulgaire agiront comme il le fait; mais, sachant d'avance ce qu'on doit présumer, un homme prudent doit être assez sûr de lui-même quand il se marie pour croire que sa personne fera oublier la marche ordinaire.

OCTAVIO.

Quant à moi, il me déplairait beaucoup de penser qu'un autre l'emporterait sur moi aux yeux de ma femme.

BERNARDO.

Tu aurais tort.

OCTAVIO.

Non.

BERNARDO.

Les femmes sont de bois ou de pierre, elles n'aiment ni ne sentent, elles n'ont point d'yeux, elles ne sauraient avoir d'affections...

OCTAVIO.

J'aurais beau les reconnaître comme étant plus faibles et plus aimantes que nous, je ne supporterais pas un soupçon.

BERNARDO.

C'est pour cela qu'il faut admettre cette disposition à aimer si vive. Si tu es sans confiance, ta vie sera empoisonnée; il te faudra laisser celle que tu aimes et en chercher une autre.

OCTAVIO.

En amour a-t-on ce loisir?

BERNARDO.

Et si les soupçons t'aveuglent, s'ils font violence à ta libre volonté, tu veux te venger sur qui n'a point commis de faute.

OCTAVIO.

Quel remède?

BERNARDO.

A force de caresses et de soins on en vient à l'affection, on ne saurait l'obtenir par l'âpreté et le manque de confiance.

OCTAVIO.

Ah! il faut qu'une femme aime ou haïsse.

BERNARDO.

Oui; mais avant qu'elle tombe dans ces extrêmes elle passe par bien des alternatives, et ce n'est pas l'affection d'un premier coup d'œil qui la gouverne de manière qu'elle ne puisse pas la perdre auprès de son mari.

OCTAVIO.

Ah! malheureuse Livia! en quelles mains es-tu tombée!

BERNARDO.

Elle eût été plus riche, mais encore elle eût été plus heureuse.

OCTAVIO.

N'importe, voyons-la.

BERNARDO.

Cela ne se peut point. Dans la crainte du danger qu'elle pourrait courir, je ne l'essaierai pas.

OCTAVIO.

Il y a remède ici pour tout.

BERNARDO.

Et comment entrer dans une forteresse si bien gardée?

OCTAVIO.

Avec la volonté.

BERNARDO.

La volonté de qui?

OCTAVIO.

De Livia.

BERNARDO.

Julio croirait que tout est perdu, lui qui pense que les yeux seuls peuvent déjà pécher. Comment la verrons-nous?

OCTAVIO.

Il suffit qu'elle te voie ou qu'elle sache ton arrivée.

BERNARDO, *apercevant Ardelio.*

Attends.

OCTAVIO.

Qu'est-ce?

BERNARDO.

C'est cet Ardelio qui sort de là.

OCTAVIO.

Ardelio?

BERNARDO.

Lui-même. Jésus! qu'est-ce que cela peut être?

ARDELIO, *sans les voir.*

Oh! fortune cruelle et injuste! quels sont tes caprices!

OCTAVIO.

Appelons-le.

BERNARDO.

Ardelio!

ARDELIO.

Eh! senhor?

OCTAVIO.

Qui t'a fait entrer dans cette maison?

ARDELIO.

Je mérite aujourd'hui les honneurs du triomphe.

BERNARDO.

Et pourquoi?

ARDELIO.

Ah! si tu savais mon aventure...

BERNARDO.

Parle... par ta vie...

ARDELIO.

Il vaut mieux que ce soit à la maison; je n'ai pas mangé d'aujourd'hui et l'histoire veut du loisir.

OCTAVIO.

Il a raison.

BERNARDO.

Allons-nous-en donc.

ACTE TROISIÈME.

SCÈNE I.

FAUSTINA, CLARETA.

FAUSTINA.

Il y a long-temps que je n'ai pris autant de soin de me parer qu'aujourd'hui.

CLARETA.

Si c'est l'amour qui t'engage à agir ainsi, ne sois pas, crois-moi, différente de ce que tu étais autrefois.

FAUSTINA.

Tu as raison; je ne me pare que pour être agréable aux yeux de mon Octavio.

CLARETA.

Heureux les yeux qui pourront te servir de miroir!

FAUSTINA.

Je t'en supplie, Clareta, au nom de ce que tu as de plus cher, examine si tu ne trouverais pas quelque chose à redire dans ma personne; je ne voudrais point lui paraître désagréable en quoi que ce fût.

CLARETA.

Que Dieu me garde de devenir amoureuse, si l'on doit être aussi bizarre!

FAUSTINA.

Tu ne sais pas tout ce que tu perds en n'aimant point. Bienheureuses les femmes mariées; elles jouissent de l'amour avec tout ce qu'il a de noble et de délicat.

CLARETA.

Laisse-leur ce genre d'amour, leur existence est assurée. Mais toi, qui vis, graces aux soins de tant de gens, pourquoi ne veux-tu plaire qu'à un seul?

FAUSTINA.

Pourquoi cela te semble-t-il mal?

CLARETA.

Je suis étonnée seulement que tu sois tombée dans une semblable faute. Plaise à Dieu que tu ne t'en trouves point mal quand il ne sera plus temps de te repentir!

FAUSTINA.

Comment dis-tu cela?

CLARETA.

Tu te trompes, Faustina, en pensant qu'il te sera fidèle. Donne-lui le temps de s'ennuyer, et tu verras.

FAUSTINA.

Comment veux-tu que j'attende cela de celui qui me montre tant d'amour?

CLARETA.

Hélas! que tu es simple! Ne te souvient-il déjà plus de celui que tu as si bien dépouillé en employant les expressions d'un faux amour et en répandant des larmes plus fausses encore?

FAUSTINA.

Pourquoi me dis-tu cela?

CLARETA.

Comment ne te doutes-tu pas maintenant qu'il agit de même avec toi?

FAUSTINA.

La vérité se montre si bien qu'on la reconnaît dès le premier abord.

CLARETA.

Le mensonge est plus puissant; il la chasse aussitôt qu'il en a la volonté. Je ne sais, pour moi, ce que tu trouves de si remarquable dans cet Octavio.

FAUSTINA.

Si tu pouvais le sentir, tu ne me ferais point de reproches.

CLARETA.

Le rubis de Julio et la chaîne de Patricio ne devraient-ils point te paraître cent fois plus agréables?

FAUSTINA.

Ah! Clareta, ce n'est que de l'or, et cela ne peut satisfaire l'ame, tandis que l'amour est son véritable soutien.

CLARETA.

Cependant j'ai promis une nuit et il faudra bien accomplir ma promesse.

FAUSTINA.

Je ne le puis pas.

CLARETA.

Quels sont donc tes calculs, Faustina? Comptes-tu les dédaigner tous pour celui-ci? Et quand il t'aura abandonnée, comment rattraperas-tu les autres?

FAUSTINA.

Ils seront les premiers à venir me chercher.

CLARETA.

Et tu as la folie de vivre dans cette pensée, comme s'il n'existait pas d'autres yeux aussi beaux que les tiens!

FAUSTINA.

Quand je leur aurai manqué pendant si long-temps, je n'en serai que plus désirée.

CLARETA.

Mais j'ai peur, à force de ne plus te voir, qu'on ne t'oublie.

FAUSTINA.

Il y en a toujours un plus enflammé que les autres qui paie pour tout le monde.

CLARETA.

Et tu veux perdre une aussi bonne occasion?

FAUSTINA.

Et tu veux, toi, que je fasse une semblable trahison à Octavio?

CLARETA.

Mais, mon Dieu, Octavio est-il ton mari? Laisse-moi faire; j'arrangerai tout cela de manière à ce qu'il ne se doute de rien.

FAUSTINA.

Considère, je t'en conjure, le péril dans lequel tu me mets.

CLARETA.

Il y en a un plus grand, c'est de tomber dans la misère avec les années. Nous sommes bien malheureuses, si nous ne nous efforçons pas de ressembler à la fourmi, qui amasse pendant l'été pour trouver quelque subsistance lorsque l'hiver est venu.

FAUSTINA.

Cette robe me sied-elle bien?

CLARETA.

Tes graces l'embellissent; l'étoffe n'y est pour rien.

FAUSTINA.

Oh! la toilette n'est pas inutile!

CLARETA.

Les belles sont d'autant plus belles qu'elles sont moins parées.

FAUSTINA.

Les parfums que j'ai mis te semblent-ils agréables?

CLARETA.

Je voudrais que tu ne t'en fusses point servie.

FAUSTINA.

Pourquoi?

CLARETA.

Cela n'appartient qu'à ces vieilles édentées qui veulent cacher leur décrépitude sous mille affiquets; elles font je ne sais quel mélange d'eaux, d'huiles et d'odeurs qui finissent par empester.

FAUSTINA.

Si les vieilles agissent ainsi, que feront les jeunes?

CLARETA.

Les jeunes sentent toujours bon quand elles ne portent point d'odeurs.

FAUSTINA.

Et que diras-tu donc de ces jeunes gens huilés et parfumés?

CLARETA.

Les hommes qui agissent ainsi mériteraient de devenir femmes. Je ne sais comment les autres le leur permettent.

FAUSTINA.

Qui t'a enseigné tant de choses?

CLARETA.

Quelqu'un qui avait plus d'expérience que toi. J'ai appris tout cela de celle qui vivait en dérobant et en trompant.

FAUSTINA.

Avais-je coutume d'agir ainsi?

CLARETA.

Tu ne devrais pas te conduire autrement, et Octavio, que Dieu veuille faire pendre! se mariera quelque jour en te laissant veuve.

FAUSTINA.

Ne me maudis pas davantage, je t'en prie.

CLARETA.

Ta conduite recevra alors sa récompense.

FAUSTINA.

Je vais là de mon propre gré et non du sien.

CLARETA.

C'est pour cela qu'il fait si peu de cas de toi; si tu l'aimes, ne le lui montre pas, au moins.

FAUSTINA.

Je ne saurais.

CLARETA.

Tu ne saurais?

FAUSTINA.

Mon Dieu! que tu es cruelle!

CLARETA.

Crois-tu que, si j'étais à ta place, j'agirais autrement?

FAUSTINA.

Allons-nous-en, pour l'amour de Dieu! tu me fatigues avec tes discours.

CLARETA.

Plaise à Dieu que la faim et la misère ne te lassent point davantage!

FAUSTINA.

Nous sommes en bon chemin et Dieu nous y maintiendra.

CLARETA.

Je désire que telle soit sa volonté.

FAUSTINA.

Que veux-tu que je dise?

CLARETA.

Attends, ne t'en va point; il me semble que je vois venir Octavio.

FAUSTINA.

Assure-toi si c'est lui.

CLARETA.

C'est lui, sans doute, car il doit venir par ici.

SCÈNE II.

OCTAVIO, *seul.*

Combien l'homme est peu instruit durant la jeunesse des secrets que renferme le monde ! Je pensais que tout le mystère consistait à ne rien croire, et je suis convaincu maintenant, au contraire, qu'il faut croire à peu près à tout. Comment me serais-je persuadé, en effet, qu'une femme eût pu mener une existence semblable à celle de Livia, et qu'un homme se fût trompé aussi étrangement que l'a fait Julio? Ardelio nous a conté des cruautés, des misères et des bassesses dont le seul récit nous a fait pleurer; et, au milieu de tous ces tourments, ce qu'il y a de plus extraordinaire, c'est de voir une femme qui ne se tue pas de désespoir, et qui met au contraire assez d'adresse en usage pour causer et manger avec qui bon lui semble, à l'insu de son mari, tandis que celui-ci est persuadé qu'elle est chez elle aussi bien en sûreté que dans une caverne. Pourquoi, misérable, ne comprends-tu point que toutes les portes du monde ne sauraient résister à la malice des femmes? Si je me marie, je ne montrerai jamais de défiance à ma femme, car je ne puis vraiment, soit qu'il y ait faiblesse ou bêtise de ma part, inculper la malheureuse dans ses actions. Elle envoie supplier Bernardo, au nom de son chagrin et de ses larmes, de venir la voir, puisque, pour ses péchés, elle se trouve privée d'une aussi grande satisfaction. Mais en vérité je ne sais trop quel moyen ils veulent employer. Je dois, dit-on, demander à celle qui m'aime plus qu'elle-même, une nuit pour Julio. C'est ainsi que Bernardo espère avoir une entrée facile; mais la raison permet-elle que j'agisse ainsi avec Faustina? et n'aura-t-elle point un juste motif ensuite, pour ne vouloir plus me revoir? Que dois-je faire, cependant? il a supplié, il a été jusqu'à pleurer et à m'embrasser; je me suis laissé vaincre. Au fait, est-ce que j'aventure mon honneur ou la perte de quelque chose d'importance? Il est vrai que c'est bien quelque chose que d'altérer une affection aussi vive que celle que l'on me porte. Je devrais en avoir honte. Après tout, c'est aux grandes preuves que l'on reconnaît l'amitié. J'y vais. En vérité, je ne sais comment lui demander cela; il me semble entendre du bruit dans la maison de César.

SCÈNE III.

PORCIA, CÉSAR.

PORCIA.

A quoi cela servait-il, malheureuse que je suis; tu as été jeter de l'huile sur le feu. Si les conseils et les prières le mettent de mauvaise humeur, que pourraient donc faire les injures et les menaces?

CÉSAR.

La colère m'a emporté.

PORCIA.

Sa colère l'emporte aussi, et il ira la passer sur ma fille. Il n'y a aucun doute qu'il l'a déjà tuée...

CÉSAR.

Qui veux-tu qui ait tant de patience?

PORCIA.

Celui qui en a un véritable besoin. Mais la patience t'a abandonné dans cette occasion plus que jamais.

CÉSAR.

Pourquoi aussi m'a-t-il parlé avec plus d'insolence qu'il ne l'avait fait jusqu'à présent.

PORCIA.

Tu souffriras cela comme tu l'as toujours fait.

CÉSAR.

Cela ne pouvait pas être, et j'espère que la chose aura un bon résultat.

PORCIA.

Il serait préférable que tu dissimulasses et que tu allasses au sénat supplier qu'on te rendît ta fille.

CÉSAR.

Je le ferai ainsi.

PORCIA.

Ah! César! César! pourquoi n'as-tu jamais voulu m'en croire? Tu te riais de mes larmes, tu te moquais de mes craintes, et cependant mes yeux ainsi que mon cœur prévoyaient déjà ce qu'ils ont redouté et ce qu'ils ne voient que trop.

CÉSAR.

Il est vrai que je me suis trompé... mais qui ne se trompe jamais?

PORCIA.

Si tu m'avais crue, si tu m'avais écoutée, tu ne te serais point trompé ainsi; mais tu n'as jamais fait aucun cas de mes conseils, et tu en as toujours agi à ta tête.

CÉSAR.

Ce qui est fait est fait; nous mettrons obstacle à ce qu'il agisse encore de même.

PORCIA.

Que Dieu l'en empêche! lui seul a ce pouvoir. Ma pauvre fille, j'avais annoncé d'avance tous ces maux; et dire que j'ai pu te livrer à un semblable ennemi!

CÉSAR.

Ah! maudit sort!

PORCIA.

Ne te plains pas de la fortune; n'accuse

que toi seul. Quel tort a-t-elle envers celui qui se livre au mal de son plein gré?

CÉSAR.

Enfin, il y a du remède à tout; j'arrive avec la tête perdue, et tu voudrais me retirer encore le peu de jugement qui me reste.

PORCIA.

Tu ne veux point que je crie, que je sois comme une folle, que je meure enfin de chagrin, lorsque je me rappelle ce que je t'ai toujours dit: César, ce jeune homme, élevé loin de ses parents, n'a d'autre frein que sa volonté et ne fréquente que des gens semblables à lui. Pourquoi veux-tu donc aventurer avec lui ton bien et ton honneur? Pourquoi l'appât de quelques misérables reis[1] de plus te ferait-il perdre ce que tu possèdes, et te plongerait-il dans mille ennuis sur la fin de ta carrière? Ne te laisse pas séduire par ses manières et par son argent. Le moins important dans un homme, c'est la richesse. Combien de fois t'ai-je répété cela! combien de larmes ai-je versées! et cependant tu n'as jamais voulu m'en croire.

CÉSAR.

Et pourquoi ai-je agi ainsi? pour le plus juste motif. Livia, par hasard, était-elle plus ta fille que la mienne? Présumais-je ou plutôt devais-je croire que de Julio, mon ami, qu'en un mot de cet homme si bon et d'un si excellent jugement, il dût naître un individu semblable?

PORCIA.

Pourquoi ne présumais-tu point ce que tu voyais, et quelle raison t'a empêché de prendre des informations sur sa manière de vivre? As-tu jamais vu les jeunes gens être semblables à leurs parents?

CÉSAR.

Eh! que veux-tu que je fasse maintenant? veux-tu que je me tue?

PORCIA.

Non; mais il s'agit d'empêcher qu'on ne tue ta fille.

CÉSAR.

Voilà vraiment une brave femme! Qu'ai-je besoin de consolations? Elle me donne en même temps les conseils et le remède!

PORCIA.

Eh! en veux-tu de mes conseils? les as-tu jamais désirés?

CÉSAR.

Ont-ils au fait la moindre raison? Ils ne serviraient qu'à amener des chagrins et de fâcheux événements.

PORCIA.

Tu l'as cependant bien vu. C'est de cette confiance que sont résultés tous les maux.

CÉSAR.

Mes péchés l'ont voulu. Il a été décidé, pour mon tourment, que tu me parlerais continuellement de cela, et que chaque jour tu me tirerais l'ame du corps par tes propos.

PORCIA.

Si j'en avais la possibilité, je rendrais la mienne de mon plein gré.

CÉSAR.

Cela ne ferait pas grand' faute à la maison.

PORCIA.

Je le crois bien, et encore moins à toi qu'à tout autre. J'en ai la preuve dans la vivacité de l'amour que tu m'as toujours montré. T'es-tu jamais avisé de faire ma volonté en quoi que ce soit, durant seulement une heure?

CÉSAR.

Plût à Dieu que cela fût ainsi! je mènerais maintenant une autre vie. Peut-on souffrir de semblables discours? Si la fille est semblable à la mère, je ne sais trop s'il faut condamner son mari.

PORCIA.

Malheureuse que je suis! c'est sur moi que retombent toutes les fautes. Mais les hommes qui méprisent les conseils de leurs femmes tombent dans ce préjugé, comme si nous n'avions pas reçu ainsi que vous la raison en partage. Aux erreurs que nous commettons, pauvres infortunées, il n'y a point d'excuses; à celles des hommes, il y en a mille. Mes calculs étaient justes, et, pendant ce temps, il agissait sans demander les avis de celle qui avait tant de droit à savoir si cela lui convenait ou non. Mais c'est ainsi qu'ils font toujours, et encore ils veulent que les femmes n'aient ni jugement ni entendement; il faut, en un mot, qu'elles ne voient pas ce qu'elles ont sous les yeux, qu'elles n'entendent point ce qu'on leur répète.

(Elle sort.)

SCÈNE IV.

CÉSAR, *seul.*

N'aurais-je pas bien pu vivre, dans ce bas monde, sans femme et sans enfants! Bienheureux ceux qui ne se marient point; malheureux ceux qui ont le désir du mariage! Les uns ne savent pas le bien qu'ils possèdent, les autres ignorent les tourments qui les attendent. Tant qu'un homme se trouve en ce bas univers, il a deux sortes d'obligations à remplir: il faut qu'il accomplisse ce

(1) C'est comme s'il y avait l'appât de quelques deniers. 1000 reis font 6 fr. 25 c.

qu'il doit au monde et ce qu'il doit à Dieu. Tous ces devoirs, il est plus à même de les remplir étant célibataire que marié; il peut converser avec tout le monde plus librement, se livrer au plaisir avec plus d'abandon, et jouir enfin de cette vie, de manière à gagner l'autre avec moins de travail. Je ne sais, en vérité, ce qui nous aveugle et ce qui nous trompe; il est probable que Dieu a voulu donner ce penchant aux hommes, parce que sans lui personne ne voudrait se livrer à l'esclavage et que l'espèce humaine finirait par s'anéantir. Vraiment ce n'est pas sans cause que l'on appelle la femme un mal nécessaire; croyez-vous qu'elles vous tiennent compte de rien? Si elles se sont mis en tête d'avoir raison sur quoi que ce soit, il faudra que vous confessiez qu'elles en savent plus que vous. Si vous tenez à vivre, vous ferez en vérité aussi bien de vous en aller dans l'autre monde sur-le-champ, avant qu'elles ne vous fassent mourir. Durant le jour et durant la nuit, à table, au lit, à la maison, dehors, la mienne ne me laisse plus un seul instant de repos. — Tu l'as fait, tu l'as voulu, tu n'as que ce que tu mérites. Elle a l'air de ne pas songer que mon erreur est précisément ce qui m'afflige. Je ne sais que faire avec ce fou. Après tout, j'agirai comme il me convient. Quel est ce jeune cavalier? Je l'ai vu autre part, et il paraît être un galant homme. En vérité, je ne sais pourquoi toute figure honnête me fait envie maintenant. Oui, je voudrais avoir accordé ma fille au premier venu, avec ce que je possède et ce que je lui ai donné, de préférence à celui qui l'a maintenant. Malheureux que nous sommes! ce qu'il y a de plus certain dans notre existence, c'est le repentir. Mais d'où cela vient-il? de l'habitude où l'on est d'errer dans les principes, et c'est ce qui amène de si fâcheuses fins.

SCÈNE V.

BERNARDO, ARDELIO.

BERNARDO.

Je t'en supplie, Ardelio, dis-moi quel visage t'a montré Livia quand tu es entré.

ARDELIO.

Celui qu'elle avait.

BERNARDO.

Il n'est pas changé?

ARDELIO.

Il n'était pas nécessaire de le changer ni de le contrefaire; et s'il y avait quelque différence, cela venait de la tristesse et des larmes qu'elle a répandues.

BERNARDO.

Que t'a-t-elle dit?

ARDELIO.

Ne te l'ai-je point déjà répété?

BERNARDO.

En effet; mais je ne sais si je t'ai écouté; je ne me le rappelle point.

ARDELIO.

Pourquoi me fais-tu sans cesse de nouvelles demandes, si tu n'écoutes point ou s'il ne te souvient pas des choses?

BERNARDO.

C'est mon seul plaisir; je t'en supplie, satisfais-le.

ARDELIO.

Je ne savais point que je dusse te répéter tant de fois la même chose.

BERNARDO.

Que lui as-tu dit en la voyant ainsi?

ARDELIO.

Ce qui s'est offert à ma pensée.

BERNARDO.

Mais quoi encore?

ARDELIO.

De bonne foi, je ne puis m'en souvenir.

BERNARDO.

Oh! fais en sorte de te le rappeler, je t'en supplie.

ARDELIO.

Eh! que te semble-t-il que je devais lui dire?

BERNARDO.

Il y avait mille choses dont tu pouvais parler.

ARDELIO.

Eh bien! de ces mille choses j'en ai dit quelques-unes.

BERNARDO.

Mais encore quelles étaient-elles?

ARDELIO.

Oh! quel ennui! Je t'ai conté tout cela trois fois et tu n'as pas encore achevé de l'entendre.

BERNARDO.

Tu ne veux pas me le dire?

ARDELIO.

Mais l'entendras-tu cette fois?

BERNARDO.

Pourquoi le demanderais-je?

ARDELIO.

Pour le demander de nouveau tout à l'heure.

BERNARDO.

Dis toujours, je t'écouterai.

ARDELIO.

Eh bien! rappelle-toi donc ce que je vais t'apprendre. Je lui ai dit qu'elle saurait bientôt ce que produit la fraude et le repentir...

BERNARDO.

Et quoi encore?

ARDELIO.

Que veux-tu que je te dise de plus?

BERNARDO.

Continue.

ARDELIO.

Eh bien! je lui ai débité plusieurs paroles d'accord avec le premier raisonnement.

BERNARDO.

Quelles étaient-elles donc?

ARDELIO.

C'était absolument ce que tu aurais pu dire dans le même cas.

BERNARDO.

Et elle?

ARDELIO.

En écoutant cela elle a levé les yeux vers le ciel ou vers le plafond, car je ne voudrais pour rien au monde mentir en quoi que ce soit; puis elle s'est prise à se tordre les bras et les mains.

BERNARDO.

En disant?...

ARDELIO.

En ne disant rien; mais elle a commencé de nouveau à baisser les yeux, sans pouvoir proférer une seule parole, à cause des sanglots qui lui coupaient la voix.

BERNARDO.

Et ne pleurais-tu pas, toi?

ARDELIO.

Quant à cela, c'est une autre affaire; non.

BERNARDO.

Non?

ARDELIO.

En vérité, non.

BERNARDO.

Pourquoi?

ARDELIO.

Je ne le pouvais point; j'ai naturellement les yeux extrêmement secs, et nous sommes tous comme cela dans la famille.

BERNARDO.

Et qui pourrait donc te faire pleurer?

ARDELIO.

Rien au monde. Le fait est que j'aurais voulu pouvoir verser quelques larmes pour l'amour d'elle et de toi.

BERNARDO.

Oh! combien tu as eu tort d'y manquer. C'est là qu'elle aurait reconnu mon amour et ma douleur.

ARDELIO.

Quand il n'y a point de larmes, cela prouve seulement que les amours sont secs. Dieu ne m'a pas fait pour en répandre. Mon père, ma mère, mes oncles et mes frères sont morts, et je n'ai pas pleuré. Il n'est pas même sûr que je pleurasse si je me voyais mourir.

BERNARDO.

Tu eusses pleuré si tu avais voulu sincèrement quelque bien aux gens.

ARDELIO.

En vérité, pour ne point pleurer, j'ai envie de toujours tâcher de vouloir du mal.

BERNARDO.

Il faut que tu sois un bien drôle de corps pour me faire rire de force au milieu de mon chagrin.

ARDELIO.

Cela ne vaut-il pas mieux que de pleurer en le voulant bien?

BERNARDO.

Finalement, où en es-tu resté?

ARDELIO.

A ce que tu sais déjà.

BERNARDO.

Que sais-je, moi?

ARDELIO.

Je crois, en vérité, que tu veux me faire pleurer de dépit, avec tes demandes!

BERNARDO.

De quelles expressions s'est-elle servie? quels gestes, quels regards a-t-elle employés?

ARDELIO.

Je crois que les expressions étaient vénitiennes. Je ne me rappelle point les gestes ni les regards.

BERNARDO.

Je crois que tu veux faire le bouffon à toute force.

ARDELIO.

Tu verras beaucoup d'autres bouffons qui gagnent quelquefois davantage avec leurs plaisanteries de commande que moi avec celles qui me viennent tout naturellement.

BERNARDO.

Ainsi elle t'a dit qu'elle voulait me voir et me parler?

ARDELIO.

Et de plus pendant la nuit, ce qui est quelque chose.

BERNARDO.

Comment, elle ne craint point son mari?

ARDELIO.

Elle ne le craint pas, parce qu'elle le déteste.

BERNARDO.

Tu as raison.

ARDELIO.

Penses-tu que la crainte puisse davantage sur l'esprit d'une femme que l'amour?

BERNARDO.

Ce n'est pas peu de chose chez les hommes.

ARDELIO.

L'infortunée en est arrivée à ce point qu'elle

n'a plus rien à redouter. Il n'y a rien aussi qu'elle craigne de faire.

BERNARDO.

Si Octavio fait ce qu'il m'a promis, qui peut se dire plus heureux que moi?

ARDELIO.

Tu vas savoir à quoi t'en tenir; le voilà qui sort.

BERNARDO.

Comme le cœur me bat! Dieu veuille m'envoyer maintenant quelque bonne nouvelle! mais à qui s'adresse-t-il en dedans?

SCÈNE VI.

OCTAVIO, BERNARDO, ARDELIO.

OCTAVIO, *parlant à l'entrée de la porte.*

Je te le promets encore. Cet amour et ces larmes, ma Faustina, ne me permettraient pas de te tromper. Je suis seulement contrarié de ta répugnance. Ne te chagrine pas; je suis à toi et je t'appartiendrai toujours.

BERNARDO.

Ils sont bien long-temps.

ARDELIO.

Il sort tout décontenancé.

OCTAVIO, *à part.*

Si j'avais su cela, je ne me serais pas embarrassé des affaires de Bernardo. J'arrive encore tout effaré de ce qui m'est arrivé avec elle. Aussitôt que je lui eus parlé de l'affaire en question, elle se donna pour haïe de moi et crut que je ne me souciais plus d'elle.

BERNARDO.

Il me semble que la chose commence mal.

OCTAVIO.

Elle s'arracha les cheveux, déchira sa coiffure, dit qu'elle était une femme trompée, et se porta à toutes les extrémités qui accompagnent la folie. Je n'aurais jamais cru qu'il y eût chez ces sortes de femmes un amour si dévoué.

BERNARDO.

Je n'ai plus rien à espérer.

OCTAVIO.

Bref, je n'ai fait que la tourmenter, et elle a prétendu me faire rougir de ma conduite; elle n'a pas même voulu achever ce que je lui demandais.

BERNARDO.

Eh! ce sont là les nouvelles que tu m'apportes, mon cher Octavio?

OCTAVIO.

Faustina n'a point voulu.

BERNARDO.

Elle n'a point voulu?

OCTAVIO.

Je te le dis encore; j'aimerais mieux me voir mort sur l'heure que de me trouver dans la passe désagréable où j'étais avec elle.

BERNARDO.

Que ferai-je maintenant?

OCTAVIO.

Ne te désole pas. Julio est un coureur; il est impossible que pendant ton séjour en cette ville nous n'attrapions pas une nuit.

BERNARDO.

Ah! mon Dieu! les hasards heureux ne sont pas faits pour moi!

ARDELIO.

Personne n'entend rien à cette femme-là que moi.

OCTAVIO.

Que veux-tu dire?

ARDELIO.

Elle le fera bientôt voir. Pour toi, veille et tiens-toi sur tes gardes.

BERNARDO.

O mon Dieu! la fortune s'est vengée sur moi. Il n'y a rien en cela que je doive trouver surprenant. Julio au moins devrait se réjouir de ce qu'elle lui a été favorable, tandis qu'elle m'a tout refusé.

OCTAVIO.

Il me semble que c'est lui qui vient par ici.

ARDELIO.

Qui?

OCTAVIO.

Julio.

BERNARDO.

Est-ce ce personnage-là?

ARDELIO.

Ce n'est pas lui.

BERNARDO.

Ce n'est pas Julio?

ARDELIO.

Non.

OCTAVIO.

Comment, non?

ARDELIO.

Et qui le saura le mieux de toi ou de lui? C'est un de ses amis qui reçoit pour lui ses paiements.

BERNARDO.

Octavio! (*Il rit.*) Ha! ha! ha!

ARDELIO.

Il vient pour son malheur. Laissez-moi avec lui et cachez-vous par-là; vous allez rire un peu.

SCÈNE VII.

JULIO, ARDELIO, OCTAVIO, BERNARDO.

JULIO.

Je ne sais pas qu'est-ce qui a dit qu'un

mal était le commencement d'un bien; moi, je dis qu'un bien est le commencement d'un mal, et un petit malheur l'origine d'une foule de maux.

ARDELIO.

Bernardo, envoyons dans l'autre monde celui qui fait mourir chaque jour Livia. Nous sommes seuls; il n'y a pas de témoins.

OCTAVIO.

Il y a tel colérique qui t'entendrait et qui suivrait ton conseil.

JULIO.

Je donne au diable Benedito, je donne au diable mon beau-père, je donne encore au diable ce jeune compagnon qui s'est joué de moi; ils se sont tous réunis pour m'abreuver d'ennuis.

ARDELIO.

J'envoie à tous les diables ce Julio, cet ami de Benedito, que je ne puis pas parvenir à découvrir aujourd'hui.

OCTAVIO, *riant à part.*

Ha! ha! ha! ha!

ARDELIO.

Je donne encore à Satan cet autre qui se dit son ami, avec lequel j'ai causé et qu'on ne voit plus paraître.

OCTAVIO.

Tu vaux ton pesant d'or.

JULIO.

Qu'est-ce que j'entends?

ARDELIO.

Il m'a vu; voilà qu'il arrive.

JULIO, *sans le voir.*

Que ferai-je? dois-je souffrir qu'il se venge ainsi de moi?

ARDELIO.

Oh! ami de Julio, les tiens-tu déjà prêts?

JULIO.

Que dois-je tenir prêt?

ARDELIO.

Ta quittance et tes témoins.

JULIO.

As-tu si peu de vergogne que de faire venir Julio de l'endroit où il est, pour le faire bayer aux corneilles?

ARDELIO.

Qu'est-ce?

JULIO.

Que nous es-tu venu parler de pièces d'étoffes, et quels mensonges nous as-tu débités?

ARDELIO.

Julio, ou, si tu l'aimes mieux, ami de Julio, qui parle de travers, mal entendra.

JULIO.

J'ai été prendre des informations auprès du pilote qui vient de Gênes, et il m'a dit que ton maître n'apportait d'autre bagage et d'autres ballots que ce qui était nécessaire à sa personne, et que cela il le savait de bonne part.

ARDELIO.

Il t'a dit cela?

JULIO.

Devant trente hommes qui te répéteront la même chose.

ARDELIO.

Tu as été vraiment bien habile de le croire ainsi au premier mot.

JULIO.

Pourquoi?

ARDELIO.

Si tu l'avais pressé, tu aurais su un peu mieux la vérité; pour éviter le frêt et les droits de douane, mon maître s'est arrangé de manière à ce qu'on ne vît rien.

BERNARDO, *bas, à part.*

Que répondras-tu à cela?

OCTAVIO, *bas, à Bernardo.*

C'est un vrai diable que ce garçon, et il l'a mis au pied du mur.

JULIO.

Mais enfin où a-t-il fourré ces ballots?

ARDELIO.

Ce n'est pas toi que cela regarde; Julio viendra et il les trouvera s'il en a envie, puisque tu sembles ennuyé de négocier cette affaire pour lui.

JULIO.

Je te demande vraiment pardon, mais j'ai cru un moment que tu te jouais de moi.

ARDELIO.

Tout cela ne me surprend pas; car, au fait, quel ami peut avoir cet homme?

JULIO.

Eh bien! tout franchement, aussitôt après m'être entremis dans cette affaire, je fus parler à Fabricio; tout était prêt; mais je n'ai pas été plus tôt à bord du navire que j'ai pensé que tout cela était un coup monté pour me faire faire cette belle besogne.

ARDELIO.

Comment t'appelle-t-on?

JULIO.

A quoi bon cette demande?

ARDELIO.

Ne veux-tu pas que je dise à mon maître avec qui j'ai parlé?

JULIO.

Ce n'est pas nécessaire; il suffit de lui dire que je suis un ami de Julio, à qui celui-ci confie tout.

ARDELIO.

Excepté sa femme, je pense?

JULIO.

Jusqu'à sa femme, tant il se repose sur moi.

ARDELIO.

Alors, en vérité, tu n'es pas seulement son ami, tu es son corps et son ame?

JULIO.

Tu dis vrai; j'ai son ame et il a la mienne.

ARDELIO.

Il t'a fait là un triste présent.

JULIO.

Je dis cela parce qu'entre deux bons amis il n'y a qu'une seule pensée.

ARDELIO.

Cela est juste; mais l'ame d'un personnage semblable est capable de damner les autres...

JULIO.

Tu ne le connais pas et tu lui veux du mal.

ARDELIO.

La chose est bien plus étrange de ton côté, vraiment; tu le connais et tu lui veux du bien.

BERNARDO, *bas à Octavio.*

Si je n'avais pas été témoin de cette scène, en vérité je n'y croirais pas.

OCTAVIO.

Je le crois bien, vraiment; il n'est pas sûr que personne veuille y croire.

JULIO.

Allons, je retourne à cette affaire, et il peut se faire encore qu'elle se termine aujourd'hui.

ARDELIO.

Je t'en vois si fort en peine qu'il me semble que tu pourrais bien y avoir quelque intérêt.

JULIO.

Quel intérêt veux-tu que j'y aie, si ce n'est celui de la bonne amitié? L'homme de bien se réjouit naturellement du bonheur de son ami, comme du sien propre. Il sait que celui-ci en ferait autant dans une autre occasion.

ARDELIO.

Je pense que cela doit être toujours ainsi. Mais ils tiennent ton affaire là-bas, et si tu tardes tu perdras la satisfaction d'avoir obligé ton ami, et il en sera pour ses bénéfices. Mon patron est en voyage comme je t'ai dit, et il pourrait bien tout renvoyer à Gênes.

JULIO.

J'ai quelquefois envie d'envoyer les ballots à tous les diables avec les embarras qu'ils me donnent. Cette journée entière a l'air de se passer ainsi. Dieu me donne meilleure celle qui va venir!

(*Il s'en va.*)

ARDELIO.

Le poison ne fait-il pas son effet? que vous en semble?

OCTAVIO.

Oh! pauvre femme et misérable beau-père, qui ont leur honneur entre les mains d'un tel homme!

BERNARDO.

Plus misérable encore celui qu'on a estimé moins que sa personne!

ARDELIO.

Tu aurais dû être aussi bon chasseur que lui. Dès qu'il a tenu sa proie entre ses mains, il est retourné à ses habitudes. Oh! le caractère n'est pas une chose qui se cache si long-temps.

OCTAVIO.

Le vieillard était si aveugle que les méchantes qualités de cet homme lui paraissaient choses excellentes; maintenant, s'il y avait quelque bien en lui, ce serait tout l'opposé.

BERNARDO.

Allons-nous-en et veillons cette nuit.

ARDELIO.

Quelquefois les bonnes occasions arrivent, et c'est surtout à ceux qui les cherchent.

SCÈNE VIII.

FAUSTINA, CLARETA.

FAUSTINA.

Hélas! Clareta, peut-il se faire qu'il y ait de telles choses au monde et que les hommes soient ainsi?

CLARETA.

Que te disais-je, Faustina? Tu devais apprendre à tes dépens ce que tu ne voulais pas apprendre aux frais d'autrui.

FAUSTINA.

Sommes-nous assez malheureuses et assez sottes que de les aimer et d'en vouloir?

CLARETA.

Maintenant tu sauras, j'espère, que l'amour s'estime ce que cher il s'est vendu.

FAUSTINA.

Oh! que cela n'est point de l'amour!... Ce que tu imagines là, c'est un vol. O mon Octavio! mon amour et mon maître!...

CLARETA.

Que ne dis-tu plutôt ton Ruffien et ton traître?

FAUSTINA.

Toi à qui je me suis donnée tout entière, toi qui me jurais si bien que tout t'était devenu indifférent près de moi!...

CLARETA.

Oui, il lui convenait assez de passer sa fantaisie avec toi et d'aller ensuite courir après une autre.

FAUSTINA.

Non, cela ne peut être; il a voulu me tenter.

CLARETA.

Oh! comme je te vois prête à te fourrer de nouveau dans le feu. Faustina, regarde ce qui te reste à faire. Ces fats-là dorment si tranquilles sur leurs fourberies qu'ils ne se réveillent que quand eux-mêmes ils y sont pris. Puisque tu es parvenue à déguiser ton chagrin, laisse-moi faire; je le ferai tomber dans ses filets. Je vais où je t'ai dit.

FAUSTINA.

Ah! malheureuse! que ferai-je? Mon cœur ne peut pas consentir à oublier celui qui y a tenu une si grande place et qui m'avait rendue si différente de ce que j'étais. Combien de gens se sont tués pour moi, combien se sont détruits, combien y en a-t-il qui ont pleuré de jour et de nuit, les uns trompés, les autres dépouillés de leur fortune, sans que ma volonté se fût donnée à aucun! Cet Octavio m'a aimée, et voilà que je ne puis plus vivre sans lui; je l'aime, je le désire, j'en rêve, je mets en lui ma pensée entière. Vois comme je suis toute à lui; je ne puis me rappeler sans larmes le visage tranquille et la hardiesse avec laquelle il m'est venu faire cette demande. Réservez donc votre foi, ayez donc de l'amour pour gens semblables... Malheureuses que nous sommes! si nous aimons, on nous abhorre; si nous n'aimons pas, il nous faut dépouiller les gens. Et après tout le dernier parti est le meilleur, puisqu'il nous enrichit et que les gens volés s'en vont encore contents. Mais mon inclination était opposée à cela; toujours j'ai désiré un amour sincère, et maintenant que je croyais l'avoir inspiré, il s'évanouit. Tu m'as trompée, Octavio! mais je n'étais pas digne de toi! Oh! quel chagrin ce sera de t'oublier! quelle peine auront mes yeux à ne plus te voir! Eh bien! pour qu'une autre fois ils ne soient plus trompés, qu'ils s'en tiennent à cette angoisse... Au bout du compte, Clareta est mon amie, et je ne vois pas pourquoi je conserverais quelque amour pour celui qui n'en a plus pour moi.

ACTE QUATRIÈME.

SCÈNE I.

JULIO, BROMIA.

JULIO.

Je n'aurais pas cru que la journée s'achevât si bien. Il faut que Faustina ait eu terriblement envie de la bague pour ne m'avoir pas fait attendre davantage. J'ai deviné par la suivante qu'on était pleine de bonne volonté, et elle est venue m'appeler tout à l'heure avec tant d'empressement qu'on eût dit que je la fuyais. Mais quel mensonge inventer pour couvrir ma sortie à une telle heure et pour qu'ils ne m'attendent pas? Je donnerais au diable cette vieille; j'ai été vingt fois sur le point de la mettre hors de la maison, et certainement quelque jour j'en viendrai là. Je crois vraiment qu'elle a le diable au corps, et l'on dirait qu'elle a à ses ordres quelque esprit familier qui lui conte tout ce que je fais. Rien qu'à son visage et à son regard je devine qu'elle me comprend. Mais comment la tromper? Allons, courage; je sais, quand il le faut, dissimuler... Bromia...

BROMIA.

Il m'appelle, je crois; va-t-il commencer ses conjurations?...

JULIO.

Bromia...

BROMIA.

Que veux-tu?

JULIO.

Combien tu me dois de reconnaissance, au fond, pour la confiance que j'ai en toi!

BROMIA.

Dieu le sait!

JULIO.

Je suis invité par un de mes amis à une fête; j'ai accepté son invitation et je crois que je ne reviendrai pas cette nuit...

BROMIA.

Pourquoi me rends-tu compte ainsi de tout ce que tu veux faire? Tu iras et tu viendras où il te semblera bon d'aller. As-tu par hasard trouvé les portes ouvertes à un autre que toi et te les a-t-on jamais fermées?

JULIO.

Cesse tout ce caquet. Je te dis cela pour que tu dormes en repos et sans souci de me venir ouvrir.

BROMIA.

Qui s'en serait mis en peine?

JULIO.

Comme je laisserai la porte il faudra qu'elle reste jusqu'à mon retour.

BROMIA.

Si les choses ne vont pas autrement que de coutume, elle restera ainsi tout naturellement.

JULIO.

Oh! mon Dieu! je dis cela parce que, selon que j'en ai l'expérience, il arrive mille fourberies... Mais quand bien même quelqu'un viendrait avec un message de ma part, ou quand il se dirait mon propre individu, ne le crois pas.

BROMIA.

A quoi servent tant de craintes, et qu'as-tu vu ou qu'as-tu entendu qui te les puisse inspirer de qui que ce soit?

JULIO.

Ceci n'est pas crainte, mais prudence. Il arrive mille fois que l'homme ne réfléchit pas, et que par défaut de réflexions, il tombe dans un danger sans remède.

BROMIA.

Il serait bon, au besoin, d'empêcher l'air d'entrer.

JULIO.

Et quel meilleur temps fait-il pour tromper les gens? Qui sait s'il n'y a pas par hasard quelqu'un qui épie le moment où je vais sortir pour contrefaire ma voix, pour te tromper enfin et pour te faire ouvrir.

BROMIA.

Oh! le mauvais homme! Eh bien! j'accorde que cela arrive; n'y aurait-il pas ici des yeux qui le reconnaîtraient en entrant?

JULIO.

En entrant!.. et tu voudrais qu'on le laissât entrer?

BROMIA.

Et quel péché y aurait-il à ce qu'il entrât, si l'on croyait que ce fût toi?

JULIO.

Mais quel mal aussi y a-t-il à te prévenir qu'on n'entre pas? Ne serait-on pas plus fort que toi? ne pourrait-on pas venir t'égorger ou te bâillonner, pour faire en plein repos ce qu'on voudrait?

BROMIA.

Et comment tout cela te peut-il entrer dans la tête? cela ne s'est vu ni entendu.

JULIO.

Parce que tu ne l'as vu ni su, tu crois tout de suite qu'on ne serait pas capable de le faire. Moi je dis qu'on ne sait pas ce qui peut arriver; en conséquence, je ne veux pas, quand bien même ce serait moi qui reviendrais (écoute bien ce que je te dis là), quand bien même je reviendrais... je ne veux pas que tu m'ouvres...

BROMIA.

Et c'est là ce que tu m'ordonnes? Et ne peut-il, par hasard, arriver quelque chose qui t'oblige à revenir à la maison? ne peux-tu pas te repentir de ta sortie ou du chemin que tu aurais à faire?

JULIO.

Fais ce que je te dis; je sais bien que je ne reviendrai pas.

BROMIA.

Et encore un coup, si tu reviens?

JULIO.

Tue-moi et ne m'ouvre point. Oui, quand j'appellerais, quand je crierais, quand tu me verrais de tes propres yeux et que tu me reconnaîtrais, crois plutôt que c'est le diable. Je m'en vais, je ne reviendrai pas, je n'enverrai aucun message... M'as-tu entendu?

BROMIA.

Je t'entends, mais je ne te comprends pas bien. Je ne voudrais pas cependant être plus en guerre avec toi que je ne le suis. Comment, quand je te verrais frapper à la porte, je ne te dois pas ouvrir?

JULIO.

Puisque je te le dis. Oh! tu es bien la plus méchante vieille qu'il y ait au monde! Tu ne me verras pas, et quand bien même tu me verrais...

BROMIA.

Mon Dieu! voilà qui est dit; on le fera, puisque tu le veux. Qui aurait cru cela?

JULIO.

Couchez-vous sur-le-champ, éteignez la chandelle et dormez tranquillement.

BROMIA.

Comme des marmottes.

JULIO.

Et rappelez-vous ce que je vous dis toujours, qu'il nous faut vivre en paix.

BROMIA, *à part.*

Comment, de tous les désastres qui accueillent quelquefois un honnête homme en ce bas monde, il n'y en aura pas quelques-uns qui tomberont sur ce méchant personnage et qui l'enverront dans l'autre monde? et cela s'appelle un homme, cela a une ame, cela a une raison? Je croirais volontiers qu'il a flairé le message de Bernardo et qu'il va nous espionner tous. Ah! malheureuse que je suis! vous verrez que je ne pourrai jamais tirer Livia d'un aussi grand embarras; elle s'est offerte d'elle-même au péril. La haine qu'elle porte à celui-ci et l'amour de Bernardo lui en ont donné le courage et la hardiesse. Aujourd'hui même je lui ai fait dire qu'elle désirait le voir, et nous avons combiné les moyens qu'il faudrait employer pour cela, dans le cas où je la pourrais tirer de ces embarras. Je consens à tout si l'autre parvient à rentrer.

SCÈNE II.

JULIO, *seul.*

Je la laisse passablement convaincue de mon mensonge. Mais quel trouble, malgré cela, s'empare de mon esprit!... Je m'en vais ainsi, je laisse une jeune femme seule toute une nuit, ayant pouvoir de se venger de moi et de faire tout ce qui lui conviendra!... Et que peut-il arriver? elle est sous les verrous et se sera sans doute déjà couchée. Aurai-je assez de guignon pour que le péril soit plus voisin à cette heure qu'il n'a jamais été en une autre occasion? J'ai mal fait de dire que je ne reviendrais pas; mieux me valait les tenir là en sûreté à ma mode... J'ai perdu la tête... il faut que j'y retourne. Mais pour peu qu'elles me craignent elles n'oseront rien faire. Une nuit est bientôt passée, et le plaisir que me promet Faustina saura m'ôter toute crainte.

SCÈNE III.

BERNARDO, OCTAVIO, ARDELIO, JANOTO.

BERNARDO.

Ardelio, Bromia t'a dit comment tout cela pourrait s'arranger?

ARDELIO.

Elle me l'a dit, mais j'ignore ce qu'elle y pourra faire.

BERNARDO.

Je ne crains qu'une chose; c'est qu'au milieu d'un si grand bonheur j'aie assez de guignon pour que la fortune me tourne le dos.

OCTAVIO.

D'où te peut venir cette appréhension? tu n'as rien à redouter.

ARDELIO.

Ayant bon cœur et des épaules qui t'assurent le champ de bataille, de quoi as-tu peur?

BERNARDO.

Vous me comprenez mal tous les deux. Si par ma mort je pouvais mettre à l'abri l'honneur de Livia, ma joie serait complète et sans remords.

OCTAVIO.

Par ma foi! voilà un bon scrupule. Si elle ne craint rien dans tout cela, pourquoi te mets-tu de telles craintes en tête?

BERNARDO.

Parce que l'amour qu'elle me porte fait disparaître ses terreurs et que je ne voudrais pas la mal payer de ce dévouement.

ARDELIO.

Il n'y a rien à redouter; Julio est dehors, nous veillerons; jouis en paix de la nuit et n'attends pas au lendemain.

BERNARDO.

Non, je ne puis pas croire encore à un tel bonheur; j'attends pour cela qu'il m'appartienne.

OCTAVIO.

Pourquoi t'empresses-tu de croire à un malheur avant qu'il ne t'arrive?

BERNARDO.

C'est quand on est au comble de la satisfaction que le mal est le plus à redouter.

ARDELIO.

Eh bien! attends; il me semble que je trouve un moyen excellent.

BERNARDO.

Par ta vie! explique-toi.

ARDELIO.

Et tu vas juger, Octavio, si je dis bien. Retourne à la maison; j'irai vers Livia et je lui dirai que tu ne veux pas venir.

BERNARDO.

Que dis-tu, bon Dieu?...

ARDELIO.

Ceci, en vérité, est le meilleur remède à tes craintes.

OCTAVIO, *riant.*

Ha! ha! ha! ha!

(*Ardelio feint de s'éloigner.*)

BERNARDO.

Que fais-tu là, misérable? où vas-tu?

ARDELIO.

Que me veux-tu, toi-même? Je suis entrain de le rassurer.

OCTAVIO.

Il n'a jamais mieux parlé.

BERNARDO.

Approche de la porte et vois s'il est temps.

ARDELIO.

Regarde à ce que tu vas faire; les malheurs viennent bien vite et la nuit plus qu'en un autre temps. Qui sait si quelque coup de canon ne l'atteindra pas dans la poitrine en entrant?

BERNARDO.

Ne nous amusons plus à toutes ces plaisanteries.

(*Ardelio s'approche de la maison.*)

OCTAVIO.

Réfléchissez bien; voilà qu'il parle.

ARDELIO.

Par ici; psit, psit...

OCTAVIO.

Va en sûreté et sois tranquille.

BERNARDO.

O fortune! achève ce qui commence si bien.

OCTAVIO.

Bon ! l'entrée a toujours réussi.

ARDELIO.

Et la sortie ira de même.

OCTAVIO.

Qu'allons-nous faire maintenant?

ARDELIO.

Je vais te le dire. Qu'est-ce qui vient là en chantant?

OCTAVIO.

C'est, je crois, Janoto.

ARDELIO.

Janoto!

(Janoto entre.)

JANOTO.

Qu'est-ce que c'est?

ARDELIO.

Tu arrives fort à propos; l'affaire marche de la manière la plus pacifique. *(à Octavio.)* Tu peux t'en aller; il suffit que nous restions.

OCTAVIO.

C'est aussi ce qu'il me semble; et, en effet, où puis-je mieux passer la nuit que chez Faustina? S'il arrive quelque chose, Janoto, tu accourras.

SCÈNE IV.

OCTAVIO, *seul.*

Quels plaisirs on goûte dans les soins de l'amitié! La peine que je viens de prendre n'est-elle pas une satisfaction réelle, et le bonheur qu'il goûte ne m'appartient-il pas? Je ne sais, mais quelque chose me pèse sur la conscience de m'en aller si promptement d'ici... Ce Bernardo est de si bonne façon que, quoique étranger, non-seulement je le regarde comme un compatriote, mais comme un ami et un frère. Combien la sympathie se sent attirée par l'esprit et par les bonnes manières! je me trouve tout chagrin, au fond de l'ame, de ce qu'il doit s'en aller de ce pays, et je donnerais beaucoup du mien pour le voir marié à Livia. Le sort de la pauvre femme serait meilleur, et je crois du moins que personne ne pourrait le trouver plus beau qu'elle ne le trouve maintenant avec lui. Voyez, après tout, ce qu'ont pu faire les barreaux et les clefs; et ce Julio, qui est si aveugle qu'il ne lui vient en pensée rien de ce qui a pu déjouer les ruses de sa jalousie. *(Il arrive près de la maison de Faustina.)* Mais qu'est-ce que ce peu de soin? la porte ouverte à cette heure?

SCÈNE V.

ARDELIO, JANOTO, JULIO.

ARDELIO.

En bonne foi, Janoto, puisque le châtiment va son train, allons ailleurs chercher notre vie.

JANOTO.

Cela te paraît-il bien, Bernardo?

ARDELIO.

Oh! ce n'est point sa première aventure, et c'est un homme qui sait payer de sa personne de toute manière.

JULIO, *ne les voyant pas.*

Ah! c'est ainsi que l'on agit! Misérable, traître, infâme!

JANOTO.

Quels cris entends-je?

JULIO.

Ah! trahison! carogne, vile receleuse de larrons!...

ARDELIO.

Je ne reconnais pas cette voix.

JULIO.

Ils s'étaient concertés... Mais qui que tu sois je te reconnaîtrai.

JANOTO.

Qu'est-ce qui vient?

JULIO.

Dès demain, avant cette heure, ils sauront l'un et l'autre à qui ils se sont frottés. En vérité, je m'arracherais plutôt tous les poils de la barbe que de les laisser échapper. Vous semble-t-il par hasard qu'il y ait eu grande vaillance, à tomber sur quelqu'un assis à table pour souper tranquillement, comme doit être un homme qui se trouve avec une femme, les portes bien closes. Mais elle les avait ouvertes au Ruffien... Ah! gredin échappé des galères, je te retrouverai.

JANOTO.

Il me semble que c'est Julio.

JULIO.

Ce n'était pas pour rien qu'elle m'amusait par ses rires et ses cajoleries. Toute la fête était pour ma bague, et elle a su me la soutirer dès en entrant.

JANOTO.

Janoto! voici de belles affaires; c'est Julio.

JANOTO.

Et encore il va droit à la maison.

JULIO *frappe.*

Pan, pan, pan.

ARDELIO.

Nous sommes frais. Peut-on voir plus fâcheux contre-temps?

JANOTO.

Cachons-nous un peu par ici ; nous verrons à qui il en a.

JULIO.

Ils n'entendent pas. Oh ! là ! ouvrez.

JANOTO.

Quelle farce ! s'ils n'entendent pas, ils n'ont garde d'ouvrir.

SCÈNE VI.

BROMIA, JULIO, ARDELIO, JANOTO.

BROMIA, *à la fenêtre.*

Ah ! malheureuse que je suis ! que vais-je faire, si c'est Julio ?

JULIO.

Descendez, descendez.

BROMIA.

Qui est là, qui frappe à la porte ?

JULIO.

Ouvrez.

BROMIA.

Qui êtes-vous ?

JULIO.

Et qui serait-ce ? d'autres que moi ont-ils coutume de venir frapper à la porte à cette heure ?

BROMIA.

Nous sommes perdus, c'est lui. (*Elle parle dans l'intérieur de l'appartement.*) Cachez-vous bien pendant que je vais le retenir. (*haut.*) Et qui es-tu, encore une fois ?

JULIO.

Ouvre, c'est moi.

BROMIA.

Je ne te connais pas ; nomme-toi.

JULIO.

Je suis Julio ; me reconnais-tu à cette heure ?

BROMIA.

Julio !... cela ne peut être ; tu serais mille fois plutôt le diable.

JULIO.

Tu ne me connais pas ?

BROMIA, *bas.*

Dieu ! ses recommandations me favorisent encore. (*haut.*) Tu n'entreras pas ici aujourd'hui.

JULIO.

Et pourquoi ?

BROMIA.

Parce que personne n'entre que Julio, dont c'est la demeure.

JULIO.

Et moi, qui suis-je donc ?

BROMIA.

Tu dois le savoir.

JULIO.

Est-ce que je ne suis pas Julio, qui m'en suis allé ce soir d'ici ?

BROMIA.

Et ne semble-t-il pas qu'on doive le connaître céans !

JULIO.

Comment se fait-il que tu ne me reconnaisses pas ?

BROMIA.

Parce que je ne sais pas qui tu es.

ARDELIO, *bas et à part.*

Oh ! bonne vieille, que Dieu te rende jeune si tu n'ouvres pas !

JULIO.

Bon ! bon ! je me rappelle ce que j'ai dit ; mais il m'a fallu revenir. Qu'importe ! ne me vois-tu pas ?

BROMIA.

Je vois que tu n'es pas lui, et quand tu le serais, je ne t'ouvrirais pas.

JULIO.

Que ferai-je ?

BROMIA.

Va-t-en. Si tu es un espion qu'il envoie par ici, dis-lui que c'est chose inutile.

ARDELIO.

Ah ! je me sens revivre ; cette vieille me rassure ; elle tient bon.

JULIO.

Comment, tu refuses ?

ARDELIO.

Elle le renie, ma foi ! comme il se reniait lui-même.

JULIO.

Bromia, allons, plus de plaisanterie ; ce n'est pas l'heure ; ouvre ou sinon...

BROMIA.

Par ma mère ! qui es-tu, à qui parles-tu et à qui dois-je ouvrir ?

JULIO.

A moi.

BROMIA.

Et pourquoi serais-tu Julio ?

JULIO, *en colère.*

Qu'est-ce que c'est ?...

BROMIA.

Que tu le sois ou que tu ne le sois pas, tu peux retourner d'où tu viens.

ARDELIO.

Je crois que le diable ne serait pas plus hardi.

JANOTO.

Ce seront les menaces de Bernardo qui auront empêché la vieille de le laisser entrer.

JULIO.

Eh ! la vieille, quel genre de plaisanterie fais-tu là ?

BROMIA.

Tu le vois toi-même ; comment pourrais-tu être Julio, s'il a dit en partant qu'il ne devait pas revenir ?

JULIO.

Cela est vrai ; je l'ai dit. Je pensais que je ne reviendrais pas ; mais si tu me vois et si tu m'entends...

BROMIA.

J'entends et je vois ; mais tu n'es pas lui ; et si tu es lui, sache que tu m'as dit de ne point te croire.

ARDELIO.

Cela est-il possible ?

(Il rit.)

JANOTO.

Ne ris donc pas si haut, ils vont t'entendre.

JULIO.

Tu ne veux pas m'ouvrir ?

BROMIA.

Tu ne veux pas t'en aller ? Cette maison, vois-tu, personne n'y entre, ni de jour ni de nuit, excepté le maître ; à plus forte raison à cette heure.

JULIO.

Ah ! chien que je suis ! et qui donc est-il le maître ?

BROMIA.

A coup sûr ce n'est pas toi. Si tu te trompes de porte, examine bien la nôtre ; celui que tu penses ne demeure pas ici.

JULIO, *outré de colère.*

Misérable vieille, pâture à vers, ame de Satan ! pourquoi ne m'ouvres-tu pas ?

BROMIA.

Oui vraiment, avec de telles prières tu vas entrer sur-le-champ.

ARDELIO, *à Janoto.*

Elle lui a fermé la fenêtre au nez.

JULIO.

Faut-il que ma mauvaise fortune soit telle que j'en vienne à ce point ?... Suis-je Julio ou non ; ai-je toute ma connaissance ou l'ai-je perdue ?

JANOTO.

Vit-on jamais arriver chose semblable ?

JULIO.

En ferait-on davantage au mari le plus trompé ?

ARDELIO.

Justement, et il parle au pied de la lettre.

JANOTO.

Et encore il ne croit pas si bien dire.

JULIO.

Que ferai-je ?... où m'en irai-je, à cette heure ? J'ai peur que les voisins ne m'aient entendu. Dirait-on, en me voyant, d'un homme honorable qui a femme et maison !

ARDELIO.

Il me prend des démangeaisons de le faire aller plus vite.

JANOTO.

Grattons-lui les épaules.

ARDELIO.

Il n'y faut pas songer ; il y aurait péril pour Livia et pour Bernardo.

JULIO.

Que ne suis-je mort, plutôt que d'avoir enduré toutes les vergognes que j'ai été obligé de souffrir depuis ma sortie de la maison ?

ARDELIO.

S'il t'en restait quelque peu, tu n'en souffrirais pas tant des autres.

JULIO.

Oh ! jour malaventureux !

JANOTO.

Est-ce que tu as envie de vanter la nuit ?

JULIO.

Oh ! nuit de tous les diables ! Ah ! femmes, qui peut vous regarder et avoir fantaisie de vous !

ARDELIO.

D'où peut-il venir maintenant ?

JULIO.

Je veux frapper encore. Holà ! holà ! holà !

JANOTO.

Réponds-lui, Ardelio.

JULIO.

En voilà assez... je n'attends plus que le jour. Si je n'en meurs pas, je ferai un exemple. Je ne sais qu'est-ce qui vient là bas. Je m'en vais à la maison de mon beau-père ; et, s'il me veut ouvrir, je lui raconterai l'honneur que me fait sa fille.

(Il sort.)

SCÈNE VII.

OCTAVIO, ARDELIO, JANOTO.

OCTAVIO.

Je ne sais qui vient là. Que Dieu garde Livia et Bernardo de péril et de déshonneur. Si j'avais su que c'était Julio, et si cette coquine avait consenti à me laisser aller, je serais venu plus vite ; elle a voulu me mettre en tête qu'on l'avait presque fait entrer de force chez elle, par prières et à cause de la pitié qu'on avait fini par lui inspirer pour lui ; puis, avec des prières plus fortes encore et en y joignant les larmes, elle m'a demandé pardon. Elle se trompe ; la chose est faite ; je ne suis pas de ceux qui attendent une seconde occasion. Je crains quelque péril pour Bernardo; j'ignore comment il sortira. Quel monde aperçois-je là? Ardelio...

ARDELIO, *à Janoto.*

Écoute.

OCTAVIO.

Janoto.

JANOTO.

Q'est-ce... et qui m'appelle?

OCTAVIO.

Viens ici.

ARDELIO.

Ah! Octavio!

OCTAVIO.

Doucement; personne ne nous entend-il? Comment les choses se sont-elles passées ici?

ARDELIO.

Si tu le savais tu te pâmerais de rire.

OCTAVIO.

Et Bernardo?

JANOTO.

Il repose encore là.

ARDELIO.

Va à la maison, et là tu sauras tout; pour moi je vais attendre le matin dans ces rues.

OCTAVIO.

Je n'en ferai rien; veillons diligemment, chacun de son côté, toi par là, moi par ici. Ce ne sont pas de ces choses qu'on abandonne ainsi au hasard.

ARDELIO.

Cette nuit est la nuit aux aventures; et elle pourra bien faire répéter que les démons rôdent la nuit ainsi que les ames pécheresses. Je ne puis me tenir de rire au souvenir des infortunes de ce pauvre diable. Il s'est tant épuisé à prouver qu'il était Julio qu'il ne l'a plus été au moment où il aurait eu le plus besoin de l'être. Puisque Bernardo ne sort pas, je vais voir où me mettre.

SCÈNE VIII.

BERNARDO, *seul.*

Attendons; je verrai si quelqu'un passe. C'est bien, personne ne paraît. Que Dieu soit avec toi. Quels désastres courent par le monde, et quel événement! Voyez si quelque chose se peut imaginer qui n'aie pas lieu. Mon cœur me prophétisait bien à moi-même ce que j'ai éprouvé. Je ne sens nul embarras pour moi-même, mais je le redoute pour Livia qui s'est aventurée à cause de moi au milieu du péril où elle demeure. Oh! Livia, Livia! combien je suis reconnaissant et combien tu dois peu d'affection à celui qui te traite si indignement! Je ne le puis dire sans larmes. Infortunée Livia, créature si belle et si sage, être la fille unique d'un père riche et honoré, avoir été élevée avec tant de soin, être environnée de si belles espérances pour se voir livrée à un homme qui, au lieu de t'adorer, te déshonore et te fait lentement mourir. Mieux m'eût valu ne pas te voir telle que je te laisse; mais c'est une volonté étrangère qui a fait tout cela. Je n'ai à me plaindre que de la fortune qui t'a dérobée à moi et me laisse dans l'angoisse. Pour quelles raisons croirait-on qu'elle m'avait fait appeler? pour soulager son cœur seule avec moi, pour me demander pardon de ce qu'elle appelait son erreur... Elle est venue me recevoir les yeux et le visage baignés de larmes, et dans son embrassement il y avait plus d'amitié que d'amour. Je l'avouerai, elle était si différente de ce que je l'avais vue autrefois, qu'au premier coup d'œil je ne la reconnus pas. Tous trois nous nous assîmes en pleurant, et, les larmes aux yeux, elle me dit: « Bernardo, si je me suis aventurée à tout cela, il ne serait pas bien que tu attribuasses à cette démarche un autre motif que celui qui m'a dirigée. Tu m'as aimée et je t'ai aimé. La fortune seule m'a voulu tant de mal qu'en récompense de ce que je te devais, elle m'a réduite à te demander pardon de la vie douloureuse que tu as supportée pour moi. Je le sais; celle que je mène maintenant m'abandonnera bientôt; et comme cet amour passé, je ne te le puis déjà plus payer par l'échange d'un autre amour qu'il aurait à coup sûr bien mérité; il faut te contenter de ces larmes de repentance. » Et en disant ainsi, ses pleurs coulaient en telle abondance qu'un moment sa parole en fut interrompue; puis voilà que les miennes lui firent compagnie. Alors elle me conta sa vie, ou pour mieux dire ce qu'elle appelait sa mort continuelle. Je ne pouvais me lasser de l'écouter, et toujours, malgré moi, quelques gestes de tendresse plus emportés qu'elle ne l'aurait voulu, l'interrompaient. La plus grande partie de la nuit se passa de cette manière, et en dernier lieu elle me dit: « Je t'en supplie, Bernardo, ce qui se passe entre nous deux, que personne ne le sache autre que toi, ou, si tu te sens le désir de le révéler, tue-moi plutôt avant que je puisse en avoir la preuve. Je sais que tu peux m'avoir en peu d'estime; mais afin que tu ne t'y trompes pas, je veux que tu saches aussi que le courage d'une femme en désespoir est assez grand pour qu'elle ne craigne plus aucun péril. Celle que tu mériteras de Dieu, celle qui aura le bonheur que j'ai perdu à jamais, traite-la mieux qu'ils ne m'ont traitée, afin qu'elle ne se voie pas poussée à des extrémités semblables. » Qu'aurais-je dit ou qu'aurais-je fait? Je demeurai confus et comme anéanti de trouver tant de prudence dans une jeune femme. L'amour que je lui ai toujours porté s'accrut alors en moi de telle manière que, quand elle eut fini, je commençai à pleurer amèrement sur mon malheur. Ce fut alors que son mari se fit entendre à la porte; elle était demi-morte et j'étais plus désolé qu'elle par la terreur que m'inspire sa position. J'ai bien peur, d'après son caractère, que les raisons de la vieille soient loin de suffire pour dissiper ses soupçons; et je suis sorti sur-le-champ, essayant de la consoler comme je le pouvais, et lui offrant de donner ma vie pour son honneur, sans qu'il y ait eu autre chose entre nous deux que larmes amères d'amour et souvenirs douloureux. Il y en a qui se riront de moi, principalement ces mauvais sujets endiablés, ces gens perdus de mœurs, comme on en voit tant; mais certainement je ne me repens pas de ce que j'ai fait; je m'applaudis, au contraire, de lui devoir cet amour si chaste et si honnête que je ressens. Je n'ai plus qu'à attendre ce qui m'arrivera. Que Dieu y porte remède; mais si Livia peut se plaindre de quelque mauvais traitement, mon cœur ne souffrira pas qu'elle reste sans vengeance.

ACTE CINQUIÈME.

SCÈNE I.

MESSER CÉSAR, *seul.*

Que ferai-je, qui me donnera conseil en un semblable outrage?... J'ai à la fois mon honneur et ma fille livrés au sort. Ah! vieillard perdu de sens, qui m'a pu aveugler, qui m'a donné la mort?... O or, cause de tant de périls en ce monde! invention fatale... Non, je ne sais plus que dire ni que faire. Ce fou est entré chez moi cette nuit dans un tel état, que j'en ai eu vraiment peur. Il s'en allait blasphémant et jurant qu'il tuerait ma fille. Ah! fille infortunée et née pour mon malheur! Ma femme est à moitié morte et moi je maudis la vie. Il a fait un bruit, un vacarme infernal à réveiller tout le voisinage. Nos amis sont accourus, et plus on essayait de l'adoucir, plus il s'emportait. Ses serments ne sont pas croyables; le cas qu'il raconte est impossible. Comment une chose semblable pourrait-elle avoir lieu? lui, frapper à sa porte sans qu'on lui ait ouvert!.. Le misérable l'a rêvé ou l'a inventé, pour achever de me faire mourir. Je vais savoir de Livia comment les choses se sont passées. Dieu m'a fait encore une grande grace de me l'amener à la maison; sans cela, peut-être n'aurais-je plus de fille.

SCÈNE II.

VALERIO, IGNACIO.

VALERIO.

D'après les renseignements que tu me donnes, cela ne peut pas être un autre. Octavio, avec lequel il est en relations, est un fort bon jeune homme, bien vu dans ce pays, et je l'ai connu tout enfant, à l'époque où on le donna au doge.

IGNACIO.

Que Dieu y pourvoie! J'ai bien peur de ne plus trouver vivant le père, qui avait fait reposer son honneur et son existence uniquement sur la vie de ce fils.

VALERIO.

Ne lui en est-il pas resté un autre?

IGNACIO.

De deux enfants que Dieu lui avait donnés, l'un disparut à Lisbonne, à l'âge de cinq ans, et l'on n'entendit plus jamais parler de lui; nous soupçonnâmes que les Maures ou les Français l'avaient enlevé. Ce Bernardo qui lui restait, désireux de voir du pays, l'importuna tellement pour qu'il le laissât voyager qu'il lui en accorda la permission, dans la crainte qu'il ne vînt à partir sans cela.

VALERIO.

Ceci tient à la première impétuosité de la jeunesse.

IGNACIO.

Comme si les hommes n'étaient pas partout des hommes, et le ciel en tout pays le même!...

VALERIO.

Un peu d'expérience ne nuit pas.

IGNACIO.

Oh! qu'on en voit plus d'un se perdre ici, à cause précisément du trop d'indépendance et de liberté! Si c'était encore pour aller chercher des exemples de vertus et de bonne vie; mais ils ne courent qu'après les vices, et ils n'ont à raconter ensuite que mensonges et que péchés. Quant à moi, de tout le temps que j'ai passé ici, je n'ai tiré d'autre profit que de conseiller à tout le monde de rester chez soi.

VALERIO.

Ceci est plus sûr ; mais la jeunesse est ardente, et pendant qu'elle bouillonne il ne s'agit pas de lui jeter de l'eau ; la chose serait pire. La plupart d'entre eux se retirent si bien échaudés des désastres et des périls qu'ils ont courus qu'ils se contentent, quand ils leur ont échappé, de se réjouir d'en être dehors.

IGNACIO.

Le père lui donna donc la permission pour deux années, et en voilà cinq qu'il court par ici. Que veux-tu que pense un pauvre vieillard ? Selon lui, ou il est mort ou il est captif. La pitié que cela m'a inspiré m'a décidé à me charger de tout cet embarras.

VALERIO.

Il est fort heureux que tu sois venu ici, parce que, sans doute, c'est ton homme.

IGNACIO.

Je me repose sur cette espérance. Et son ami, quel est-il ?

VALERIO.

Je vais te le dire, car, pour certain, personne ne le sait mieux que moi. Il y a déjà bien des années que messer Octavio fut envoyé en ambassade vers le Grand-Turc ; je l'accompagnai, et, après que nous eûmes terminé la négociation, comme nous étions venus nous embarquer à Constantinople, nous vîmes vendre, au marché public, quelques enfants chrétiens. Octavio, jetant un coup d'œil sur ces pauvres captifs, se prit de telle affection pour l'un d'eux qu'il l'acheta. Il n'était point d'âge à donner sur lui aucun renseignement ; on voyait seulement à son langage qu'il était Portugais. Octavio l'amena ici ; il le donna au doge, dans la maison duquel il a été élevé jusqu'à ce jour, et c'est précisément cet Octavio, auquel est demeuré le nom de son ancien maître, si on peut ainsi l'appeler.

IGNACIO.

Heureuse circonstance ! Que diras-tu maintenant des malheurs qui courent le monde ?

VALERIO.

Nous sûmes de plus, là-bas, que les Français avaient vendu cet enfant.

IGNACIO.

Hélas ! se pourrait-il faire que mon Ambrosio, celui que j'ai élevé, que le frère de Bernardo, en un mot, se trouvât mêlé dans tout ceci !

VALERIO.

Je parierais bien que rien de tout ce qui nous occupe n'est entré dans l'esprit d'Octavio, qui se croit encore plus du pays que moi-même.

IGNACIO.

Je ne sais quel pressentiment j'ai au fond de l'ame ; mais qui pourrait-ce être ? il y a si long-temps !

VALERIO.

Que dis-tu à part toi ?

IGNACIO.

Je me demandais si, par étrange accident ce ne serait pas lui ?

VALERIO.

Les miracles de Dieu sont grands.

IGNACIO.

Oui, mais qui peut les mériter ?

VALERIO.

Il les fait souvent en faveur de qui lui plaît. Et tu croirais pouvoir le reconnaître ?

IGNACIO.

Oui, car je l'ai élevé ; mais ce sont des rêves ; je me contenterais de retrouver Bernardo. Je t'en prie, retournons là-bas ; peut-être sera-t-il de retour.

VALERIO.

Allons ; mais tu devrais voir d'abord la ville ; il y a si long-temps que tu l'as quittée ! Je sens bien que, pour celui qui vient de Lisbonne, rien ne saurait paraître grand !

IGNACIO.

Excepté Venise, qui certes est une noble cité et chaque jour devenant plus grande : mais nous aurons le temps de faire tout cela ensuite ; allons-nous-en, le cœur ne me peut reposer.

VALERIO.

Je voudrais dire un mot à cet homme qui vient par ici, et je suis à toi.

SCÈNE III.

JULIO, *seul.*

Jamais personne n'a si bien ordonné sa vie[1] que le temps et les changements qu'il traîne à sa suite ne lui apportent quelque idée nouvelle et quelque enseignement. Alors ce qu'on croyait préférable, on le tient pour pire, et c'est ce qui m'arrive. Depuis mon mariage jusqu'à ce jour, j'ai suivi une manière de vivre qui, à mon avis, était la meilleure et la plus sûre quant à ce qui touche mon honneur et même mon repos. A présent, je le vois, ce n'était point la vie ; c'était honte et bassesse. Considérez l'aveuglement ! encore aujourd'hui je voulais mal et confusion à

(1) Il n'est pas difficile de reconnaître ici l'emprunt que Ferreira a fait à Térence dans *les Adelphes.*

Nunquam ita quisquam bene subducta ratione ad vitam fuit;
Quin res, ætas, usus semper aliquid ad portet novi,
Aliquid moneat: etc.

ceux qui m'affirmaient que j'étais dans l'erreur ; maintenant que j'ai achevé de me connaître et que je considère le passé, j'ai horreur de moi-même comme d'un ennemi ; maintenant je reconnais que mes prétendus principes et mes bonnes raisons étaient raisonnement d'aveugle et folie. Les calculs auxquels je croyais, ceux sur lesquels je faisais le plus de fonds, sont pour moi de stupides erreurs. Oui, les conseils et les raisons qu'ils m'ont donnés dans ce qui m'affligeait m'ont ouvert les yeux. De décidé que j'étais à tuer ma femme et à mettre le feu à la maison, ils m'ont rendu si tranquille que je ne sais plus faire autre chose que pleurer les angoisses et l'amertume dans lesquelles je la faisais vivre. Quelle cruelle chose cependant qu'un défaut si déplorable ! Pendant tout le temps que j'ai vécu ainsi, je puis dire que je n'ai eu goût à rien ; je devenais triste au milieu des plus grands plaisirs. Étais-je à la maison, au milieu d'un profond sommeil je me réveillais subitement. Hors de la maison, quelle vie était la mienne ? je me défiais des hommes, des femmes, du vent et de l'ombre, et je redoutais tout, hors moi-même dont j'aurais dû avoir terreur. Louanges soient rendues à notre Seigneur qui m'a fait une faveur si grande ! Je comprends maintenant ce que c'est que d'être marié ; je sens tout ce qu'il y a de paisible et d'honorable dans un tel lien, quand on sait l'apprécier. Oui, je sais que Dieu m'a donné une femme pour être ma compagne dans mes travaux et dans mes plaisirs. Oh ! c'est plus qu'une femme ! Livia, avec quels yeux je te verrai désormais !... Tu me dois bien peu d'amour, sans doute, mais j'attends tout du repentir. Allons, allons, dorénavant, vie nouvelle ; si jusqu'à présent tu as été ma prisonnière, à partir de ce jour tu seras la digne maîtresse de ma maison et de ma fortune ; oui, tu seras libre et je t'appartiendrai. Pourquoi ne vivrais-je pas comme les autres hommes ? Il faudrait croire, comme ils me le disaient tous, que j'aurais eu seul le jugement sain et que les autres se seraient perpétuellement trompés... Non, cela ne peut être. Que ceux qui me connaissaient jadis apprennent à me connaître de nouveau ; que ceux qui savaient mes erreurs voient aussi mon repentir... Si je pouvais prendre un autre nom je laisserais celui que je porte. Non, je ne suis plus ce misérable Julio que j'étais jadis. L'affront que j'ai fait à Bernardo, il faut que je le répare à force d'accueil et d'honneurs. Je vais de ce pas le chercher et me disculper de mon mieux. Que Benedito, du moins, ne sache point, ou du moins qu'il ne puisse pas soupçonner combien j'ai semblé faire peu de cas de son amitié ; je l'inviterai et il deviendra mon hôte. La faute est plus honteuse que le repentir ; j'ai passé par le plus fâcheux, et ce ne serait pas raison que j'allasse repousser le bien. Voici son serviteur, il saura me parler de lui.

SCÈNE IV.

ARDELIO, JULIO.

ARDELIO.

Il y a ici-bas des choses que le diable semble avoir arrangées à sa guise, et c'est ce qu'on peut dire de ce qui s'est passé cette nuit. Je ne sais en vérité de quoi j'ai ri le plus, de la couardise de Bernardo, des misères de Julio ou de la loyauté de Faustina vis-à-vis d'Octavio. Vous semble-t-il qu'un frère capucin eût eu la conscience de mon maître ? Comment, appelé par une femme qu'il aime, qui lui veut du bien et qui s'aventure à de tels risques, il sort sans avoir reçu d'elle un seul baiser !... Qui vit jamais une telle patience ?

JULIO.

Quelle méchante malice a-t-il faite que je le vois venir en riant ?

ARDELIO.

Que je puisse mourir, si Livia se soucie jamais de le revoir ! Ce qu'il y a de bon, je ne puis m'en tenir, c'est que j'ai laissé Octavio disculper sa courtisane. (*Il rit.*) Ha ! ha ! ha ! Il dit qu'elle a pour lui une sincère affection, que Julio est entré de force ; il jure que c'est toute la vérité ; elle a pleuré, elle a fait mille serments !...

JULIO.

En quelle honte ne me mettent pas mes péchés ! Je suis poursuivi sous le nom de celui que j'ai voulu mettre à ma place.

ARDELIO, *sans le voir.*

Quand je songe à cette diablesse de vieille qui l'a renié, il me semble que c'est un rêve. La chose est arrivée cependant et j'en ai le souvenir positif, car je n'ai pas dormi de cette nuit ; je suis en veille jusqu'à présent, et je n'ai vu aucun signal ; les portes et les fenêtres sont comme elles étaient ; je ne crois pas qu'il soit de retour.

JULIO.

Il vient doucement.

ARDELIO.

Mais je l'ai devant moi ; il me semble devenu si patient, que j'ai pitié de lui. Je ne sais si je l'aborderai.

JULIO, *à part.*

Je vais à lui. (*haut.*) Je t'en conjure, jeune homme, fais-moi un plaisir.

ARDELIO.

Les ballots!... Pardonne-moi; je t'ai trompé... je t'avais affirmé que Bernardo les avait apportés, et je me réjouis maintenant de ne pas m'être adressé à Julio.

JULIO.

Il n'est pas question de cela; mais je voudrais que tu m'indiquasses ton maître; cela me tirerait d'une grande peine.

ARDELIO.

Pourquoi?

JULIO.

Je suis Julio.

ARDELIO.

Julio! et comment cela peut-il être?

JULIO.

Je me suis caché jusqu'à présent, ou plutôt j'ai nié mon nom à cause d'une certaine affaire de Gênes...

ARDELIO.

Comme s'il y avait bien long-temps que j'ai causé avec toi.

JULIO.

Je ne plaisante pas.

ARDELIO.

Et comment croirais-je maintenant que tu es *toi* plutôt que tout à l'heure?

JULIO.

C'est comme je te le dis.

ARDELIO.

Ton ami te ressemble terriblement.

JULIO.

Quel ami?

ARDELIO.

Un certain personnage qui allait et venait beaucoup pour ton propre compte.

JULIO.

Je le crois bien, c'était moi-même.

ARDELIO.

Pardonne-moi à ton tour; car tu m'as mis hors de bon sens. Si tu avais pensé devoir être Julio, comme je le croyais d'abord, nous ne nous serions pas donné tant de peine.

JULIO.

Oublie tout ce qui s'est passé; je te pardonne à mon tour tes plaisanteries; mais je désire par-dessus tout voir Bernardo.

ARDELIO.

Et que lui veux-tu?

JULIO.

Lui demander pardon de ma faute: je crois qu'il me l'accordera quand la cause lui en sera connue. Je te prie donc de me conduire vers lui, ou de lui dire de ma part qu'il me fera une extrême courtoisie en me donnant la permission de nous trouver ensemble.

ARDELIO.

J'en ai par-dessus la tête. Qu'est-ce que cela va devenir?...

JULIO.

Et je t'en conjure, que ce soit aujourd'hui!

ARDELIO.

Tu veux qu'il vienne te trouver?

JULIO.

Si cela ne lui donne point trop de peine.

ARDELIO.

A ta maison?

JULIO.

Oui.

ARDELIO.

Jésus! qu'entends-je? il devient fou!... Il irait te trouver chez toi?

JULIO.

Oui; et plus vite ce sera, plus j'en serai charmé.

ARDELIO, *à part.*

Allons, il n'en faut pas davantage; ceci est la vraie manière de se conduire! Tu ne nous attraperas pas cependant; comme si j'étais un imbécile!

JULIO.

C'est comme je le dis.

ARDELIO.

Je te dirai ce qui en est, puisqu'enfin tu veux bien que nous te connaissions. Il est allé dès hier matin hors de la ville et je ne sais point s'il reviendra aujourd'hui.

JULIO.

Il est dehors?

ARDELIO.

Oui.

JULIO.

Que Dieu m'assiste! Et il s'est mis déjà en route?

ARDELIO, *bas.*

Attrape. (*haut.*) Il ne s'arrêtera presque pas... Je ne sais pas trop cependant, je crois qu'il pourrait bien rester un peu de temps.

JULIO.

Je t'en supplie, ne me trompe pas. J'attache à cela grande importance.

ARDELIO.

Il nous importe encore plus qu'à toi. C'est comme je te le dis et tu peux bien t'en assurer.

JULIO.

Eh bien! je prendrai la peine de le chercher. — Va-t-en; je serais désolé qu'il s'en allât sans quelque excuse ou sans porter mes compliments à Benedito. Il lui écrira sans doute combien j'ai mal agi avec lui, et me voilà sans ami.

ARDELIO, *à part.*

Qu'on m'assomme si ce n'est pas une ruse! Je cours avertir à temps ceux que cela regarde.

SCÈNE V.

CLARETA, *seule.*

Que dirai-je après un tel accident, une telle insouciance et une bêtise semblable à la mienne? Avoir laissé la porte ouverte en un tel moment! il y a de quoi en crever. Faustina se mange les poings et elle désespère après cela de se venger d'Octavio. Après tout, Julio a payé pour lui. Pauvre diable! la table était dressée, le lit était fait, et il n'a tâté ni de la table ni du lit. Nous sommes déjà sur notre départ, car il doit chercher ou à se venger ou à rattraper sa bague. Tous les amours et toutes les larmes de Faustina auront abouti à cela. Je n'en suis pas fâchée, et dorénavant cela lui apprendra à vivre.

SCÈNE VI.

JANOTO, CLARETA.

JANOTO.

En quel lieu pourrais-je trouver Octavio, ou Bernardo ou Ardelio?

CLARETA.

C'est, je crois, Janoto; je vais le tâter.

JANOTO.

On m'a dit qu'il y avait par là-bas deux hommes éreintés à force de courir après eux.

CLARETA, *à part.*

Si je pouvais pleurer un peu.

JANOTO.

J'ai grand peur que quelque malheur ne paie enfin tous ces soupirs [1].

CLARETA.

Hélas! hélas! Faustina, combien peu de pitié j'avais de toi! Ils t'ont tuée!

JANOTO.

Qui pleure par ici?

CLARETA.

Ah! pauvre malheureuse! ton amour ne méritait pas cela.

JANOTO.

Eh! Clareta, qu'est-ce, de quoi pleures-tu?

CLARETA.

Ah! Janoto, où est Octavio?

JANOTO.

Qu'est-ce que tu as et que lui veux-tu?

CLARETA.

Faustina se meurt; je l'ai laissée dans cette triste position.

JANOTO.

Parle.

CLARETA.

Oui, elle a l'air d'être morte.

JANOTO.

Qu'a-t-elle fait? quel mal lui est arrivé?

CLARETA.

Elle est étendue au milieu de la chambre comme une trépassée.

JANOTO.

Et pourquoi?

CLARETA.

Toute cette nuit je n'ai pas fait autre chose que d'aller et venir autour d'elle avec des eaux de senteur; on dirait qu'elle va rendre le dernier soupir; le cœur lui bondit.

JANOTO.

Ah! je comprends.

CLARETA.

Elle dit que si Octavio ne vient pas lui parler et ne l'écoute pas, elle lui mettra sa mort sur la conscience.

JANOTO, *riant.*

Ha! ha! ha!

CLARETA.

Et tu ris!

JANOTO.

Tu es une vraie diablesse; mais je te dirai: Une misère ne vient jamais sans l'autre.

CLARETA.

Cela te va bien. Octavio mérite-t-il ce qu'elle endure pour lui?

JANOTO.

Clareta, ne me trompe point. Tu pleures! c'est que tu as mangé de la moutarde. Vos tours de renard [1] ne vous ont guère réussi.

CLARETA.

Aussi nous les payons. Malgré cela, tout le mal retombe sur la pauvrette.

JANOTO.

Et encore, si tu avais su pourquoi Octavio avait négocié tout cela!

CLARETA.

Et pourquoi? Faustina croit encore que c'était une plaisanterie.

JANOTO.

Eh bien! j'ai pitié d'elle et de toi et je veux te le dire: c'était pour Julio.

CLARETA.

Pour Julio?

JANOTO.

Et il a été si avisé qu'il l'a compris.

CLARETA.

Tu veux rire? mais, par ta propre vie! je t'en conjure, dis à ton maître qu'il ait quelque douleur de l'état où elle est.

JANOTO.

Je plaisante en effet; mais c'était par pure bonne volonté que tu avais laissé la porte

(1) Mot à mot: *bacorinhas*, ces palpitations.

(1) *Raposios.*

ouverte à Octavio. Va, va, bien sot est qui échappe des griffes de l'une pour tomber entre les pattes de l'autre. Que Faustina cherche des amants d'un plus clair revenu.

(*Il sort.*)

CLARETA.

Il s'en va. Si cela est ainsi, quelle patience Faustina sera obligée d'avoir à cause de ce Julio! Maintenant je crois que nous sommes les sottes et les dupes dans tout cela. Quelque pécheur viendra qui paiera pour tous. Le traître, comme il m'a comprise!

SCÈNE VII.

VALERIO, JANOTO.

VALERIO.

Il y a long-temps que je n'ai eu autant de satisfaction qu'aujourd'hui. O Seigneur! mon Dieu! que vos grandeurs sont infinies! Qui aurait cru qu'après vingt ans que nous étions de retour de la Turquie, on viendrait à éclaircir ce qui s'est découvert par mon entremise? Dieu réservait ce jeune homme à quelque grand bonheur.

JANOTO.

Valerio, as-tu vu Octavio par ici?

VALERIO.

Que veux-tu dire avec Octavio? c'est Ambrosio dont tu veux parler.

JANOTO.

Comment Ambrosio? c'est mon maître dont je m'informe.

VALERIO.

Je parle aussi de ton maître; mais ton maître n'est plus Octavio.

JANOTO.

Comment! ce n'est plus lui?

VALERIO.

Va-t-en à la maison de César, tu le verras.

JANOTO.

Je ne te comprends pas.

VALERIO.

Je te crois bien; mais si tu veux comprendre quelque chose à tout cela, viens où je te dis d'aller; moi je m'y rends en hâte.

(*Il sort.*)

SCENE VIII.

ARDELIO, JANOTO.

ARDELIO.

Bon Dieu! quel plaisir et quelle bonne nouvelle!

JANOTO.

Je ne sais ce que me dit ce vieux; mais j'aperçois Ardelio.

ARDELIO.

Quel jour bienheureux!

JANOTO.

Que d'agitation! il semble fou.

ARDELIO.

Et encore, quoique la chose nous soit tombée sous la main et que nous ayons trouvé bonne fin à tels périls, on aura de la peine à croire comment cela est arrivé.

JANOTO.

Ardelio! qu'est-ce que cela?

ARDELIO.

Ah! Janoto, je veux t'embrasser.

JANOTO.

Qu'as-tu appris? d'où viens-tu si joyeux?

ARDELIO.

En Portugal! en Portugal!

JANOTO.

Que dis-tu?

ARDELIO.

Que nous allons tous retourner là-bas.

JANOTO.

Comment, tous?

ARDELIO.

Bernardo et Octavio, Ardelio et Janoto.

JANOTO.

Tu es fou.

ARDELIO.

Et ce qu'on ne saura croire, c'est que Julio n'est plus Julio.

JANOTO.

Il est mort?

ARDELIO.

Il a changé de telle manière que tu ne le reconnaîtrais pas. Je t'apprendrai que cet événement d'hier a été on ne peut plus heureux pour Livia; elle est épouse enfin, elle est mariée, elle vit.

JANOTO.

Tu arrives tout effaré; tu commences une chose et tu parles d'une autre.

ARDELIO.

Crois-tu que je ne suis pas hors de moi?

JANOTO.

Reprends haleine, ne t'étouffe point.

ARDELIO.

Bref, pour couper court à tant de paroles, Ignacio, serviteur de Bernardo, est venu jusqu'ici à notre recherche; il y a eu une rencontre dans la maison de César où Julio avait invité celui-ci à un banquet qu'il donne pour célébrer sa vie nouvelle.

JANOTO.

Que me contes-tu?

ARDELIO.

Attends un peu. Il le rencontre dans cette rue avec Octavio et il les emmène tous deux avec de grandes excuses sur le passé. Dieu lui a fait la grace de se reconnaître et de s'amender. A partir de ce jour, il veut suivre un autre genre de vie, et il déclare que ce n'est que d'aujourd'hui qu'il reçoit sa femme.

JANOTO.

Et en raison de cela nous allons en Portugal?

ARDELIO.

Je ne sais vraiment ce que je te raconte, et j'aurais dû t'apprendre cela d'abord: Ambrosio est frère de Bernardo.

JANOTO.

Quel Ambrosio?

ARDELIO.

Octavio ton maître.

JANOTO.

Hum! as-tu bien ton jugement?

ARDELIO.

N'aie plus aucun doute; ils viennent de le reconnaître miraculeusement.

JANOTO.

Ne serais-je pas ensorcelé?

ARDELIO.

Et moi aussi peut-être. Un vieillard, habitant de cette ville, a conté cette histoire, et Ignacio, notre vieux gouverneur, l'a reconnu à des signes assurés, comme quelqu'un qui l'avait élevé.

JANOTO.

Les choses sont-elles ainsi?

ARDELIO.

Je te l'affirme.

JANOTO.

Octavio est le frère de ton maître?

ARDELIO.

Mais pourquoi passer le temps en conversations? Viens et tu verras les choses de tes propres yeux.

JANOTO.

Jésus! Jésus! Ardelio.

ARDELIO.

Voici le vieux César et il sort en pleurant de plaisir.

SCENE IX.

CÉSAR, *seul.*

Quelles actions de grace je dois à Dieu pour la satisfaction qu'il m'a donnée aujourd'hui! Délivrer ma fille du déshonneur et d'un péril si assuré! car les soupçons que son mari avaient conçus étaient grands!... Et dans le fait, quoiqu'elles eussent une excuse valable dans la crainte qu'il leur inspirait, il était fondé à dire et à faire... C'était vraiment un peu fort de le laisser frapper et de ne lui point ouvrir. Dieu lui a soufflé une nouvelle ame et lui a inspiré une vie nouvelle au moment où il semblait le plus exaspéré. Voilà qu'il retourne à la maison, qu'il se jette aux pieds de Livia et qu'il veut même baiser les miens. Je l'ai relevé en pleurant, et c'est en pleurant que je me rappelle encore ce qui s'est passé; ajoutez à cela le bonheur de ces jeunes gens qui s'appellent frères; rien qu'à les voir, eux et leur vieux gouverneur, il y a de quoi louer Dieu. Livia n'appartenait plus au monde, maintenant elle revit. Elle aura enfin l'existence que je lui ai toujours souhaitée; car, selon ce que je puis démêler en lui, il tombe déjà dans un autre extrême. Je vais convier mes parents et mes amis; il faut qu'ils m'aident dans les ris et la joie comme ils m'ont aidé dans les larmes. (*au public.*) Et vous aussi, fêtez mon bonheur.

FIN DU JALOUX.

ALBUM du Journal des Jeunes Personnes, pour l'année 1834.

C'est une charmante collection de lithographies dessinées par nos premiers artistes, sur des sujets pris dans les articles du Journal des Jeunes Personnes (2e année, 1834). Le format permet de joindre chaque lithographie à l'article dont le dessin est tiré. Prix : 7 fr. 50 c. pour Paris et les départements. — Il n'en reste qu'un petit nombre d'exemplaires. — Il reste encore aussi quelques *Album* de la 1re année du Journal (1833), même prix que celui de 1834.

LE LIVRE DES JEUNES PERSONNES, Extraits de prose et de vers, *choisis dans les meilleurs écrivains français anciens et modernes*, avec une préface par M. Charles Nodier de l'Académie française. 1 vol. in-8° de plus de 500 pages, *à deux colonnes*, contenant la matière de quatre volumes ordinaires. Prix : 6 fr., et par la poste, 8 fr.

Dans nos meilleurs écrivains anciens et modernes, tout n'est pas de nature à être mis sous les yeux des jeunes personnes; cependant, il est convenable qu'elles connaissent, au moins par quelques-unes de leurs plus belles pages, tous ceux de nos écrivains dont il ne leur serait pas permis de lire les œuvres. C'est le but qu'ont voulu atteindre les éditeurs du *Livre des Jeunes Personnes*, en leur offrant un recueil où tout est pur, où rien n'est médiocre, et dont chaque article porte pour signature un nom célèbre dans les lettres françaises, depuis et au-delà le grand siècle de Louis XIV, jusqu'à l'époque actuelle.

LE PAYSAGISTE, Cours d'études progressives de paysages, publié en *vingt* livraisons composées chacune de *cinq* dessins lithographiés par M. J. Coignet, et suivi d'un *Traité de perspective*. Prix : pour Paris et les départements, sur papier Raisin, 30 fr.; sur papier Jésus, 36 fr. Pour l'étranger, 34 et 40 fr.

Le *Paysagiste* a pour but de mettre l'art du dessin, dans sa spécialité la plus attrayante et la plus gracieuse, à la portée de toutes les intelligences; les dessins, au nombre de 100, dont cette charmante collection se composera, exécutés avec tout le talent qui distingue M. J. Coignet, n'ont besoin d'aucun texte explicatif. Pour les comprendre il suffit de les voir; la marche du crayon y est assez apparente pour qu'il soit facile aux yeux les moins exercés de la reconnaître et à la main la plus novice de la suivre. Le *Paysagiste* peut dispenser d'un maître de dessin dans les villes où on ne peut en trouver; mais là où il en existe, il peut offrir, à très modique prix, une suite d'excellents modèles qu'ils ne pourraient trouver nulle part aussi complets et qu'ils sauront d'autant mieux apprécier que le nom de M. J. Coignet est connu de tous les artistes.—*La 12e livraison a paru;* il en paraît une tous les 20 jours; l'ouvrage sera terminé *au mois de septembre.*

L'ÉCHO BRITANNIQUE, Revue mensuelle de la Littérature, des Sciences, des Arts et des Mœurs de la Grande-Bretagne. Année 1835; nouvelle série.

L'Écho Britannique paraît le 10 de chaque mois par livraison de *cinq feuilles* grand in-8° (80 pages *à deux colonnes*, équivalant à plus de 200 pages ordinaires) imprimé sur beau papier satiné, avec des caractères neufs fondus exprès; chaque livraison est ornée d'une lithographie toujours dessinée par un de nos premiers artistes, et reproduisant, soit des portraits de personnages célèbres, soit des scènes de mœurs, soit des sites et des monuments de la Grande-Bretagne, ou des Indes anglaises.

Prix : pour Paris et les départements, 10 fr. pour trois mois, 18 fr. pour six mois, 30 fr. pour l'année.

Cette fixation paraîtra modique si on considère que *l'Echo*, devenu l'égal en étendue des recueils les plus volumineux, ne coûtera cependant qu'à peine la moitié de leur prix.

Économie politique, Histoire, Biographie, Voyages, Beaux-Arts, Littérature, Mœurs, Mouvement industriel, etc.; telles sont les grandes divisions de ce Recueil, terminé par des Variétés et par un Bulletin bibliographique des principales productions de la presse britannique.

www.ingramcontent.com/pod-product-compliance
Ingram Content Group UK Ltd.
Pitfield, Milton Keynes, MK11 3LW, UK
UKHW020936180726
13838UKWH00002B/988

9 782329 318912